新 足物語

木村 斉

花伝社

なよ　　な
いろんな目にあうのー
いろんな目にあわせよ
うと思っている
誰かがきっと
いるんだぜ
それが神さまなら
ひとつ神さまの八十九に
あかさずばなるまい

森繁久彌

序《じょ》にかえて

森繁《もりしげ》 久彌《ひさや》

長いようで短い人生《じんせい》だが、そんな人生に、この人と逢《あ》えて幸せだったと思う人はいくらもいない。一期一会《いちごいちえ》といったり倶会一処《くえいっしょ》といったりするが、人の世界《せかい》に住んでいて概《おおむ》ね人を知らないでこの世《よ》を去《さ》ることが多いが誠《まこと》に残念《ざんねん》なことだ。

さて、何故《なぜ》私が木村さんの序文《じょぶん》など書くかと、いささかいぶかしくお考えになる人もあろうかと思うので、その馴《な》れ初《そ》めからお話しすると、実は木村さんが幼少期《ようしょうき》あそびなれた屋島《やしま》の沖《おき》にある小島を私が買ったことから始まる。

「あなたは、私ども愛してやまぬ故里《ふるさと》の島を我《わ》がもの顔《がお》にして蹂躙《じゅうりん》するのか！」と一通《つう》の果《は》たし状《じょう》が舞《ま》いこんだ。確《たし》かに県のエライさん等《ら》も立合ってお金も払《はら》い無事済《ぶじす》んだ——と思っていた矢先《やさき》だ。言うなれば他愛《たあい》ない喧嘩《けんか》だが、私も黙《だま》っているわけにもゆかず〝蹂躙は言いすぎでしょう。私もあなたに負けずこの島を愛している〟と手紙で応酬《おうしゅう》した。当時《とうじ》、彼は広島大学の学生であったが、そのうちこの人が科学的《かがくてき》な研究家《けんきゅうか》で、大変文筆《ぶんぴつ》の立つ高校の教員へと成長《せいちょう》していく過程《かてい》も知った。つづいて私は高校の誌上《しじょう》にのった、氏の〝足物語〟に心をひかれ、私の随筆《ずいひつ》も読んで貰《もら》ったりしていつの間《ま》にか仲良くなった次第《しだい》だ。喧嘩をして、お互《たが》いに憎悪《ぞうお》や恥部《ちぶ》をひけらかした仲というのは、今度はそう簡単《かんたん》にほどけない。

この一編を読んだ方には、この先生のはげしい超人的《ちょうじんてき》な負《ま》けじ魂《だましい》や、そのかげのやさしい心に胸《むね》さかれるに違《ちが》いない。加えて出版を引きうけられた花伝社《かでんしゃ》の社長にも頭が下がる。しかしそれにも増して一冊でも多くの方々に読んでもらいたいと――今は、ただそれのみを願《ねが》って序文とする次第だ。

平成二年七月

新・足物語◆目次

第2部　老足《ろうそく》物語

カバー絵　ちばてつや
「足物語」挿絵　池原昭治

第1部　足物語

1 突然の足の痛み

思い起《おこ》せば、遠い昔のことになる。あれは小学校二年生の遠足の前の日だった。突然《とつぜん》、足の痛みに襲《おそ》われて歩けなくなり、高熱《こうねつ》を出して二、三日寝込《ねこ》んでしまった。病院へいっても病状は明らかでなかった。熱も下がり、立ち上がれるようにもなったが、足の鈍《にぶ》い重みと時々襲《おそ》ってくる激痛《げきつう》はやむことがなかった。

あの病院ならばと風の噂《うわさ》を便りにしては、母におぶさり、父に抱《だ》かれて各地の病院を点々とした。だが、医者は首をかしげるばかりで、「打つだけの手は打っときましょう」と、サジを投げるように言うだけだった。毎日足に繃帯《ほうたい》を巻いて湿布《しっぷ》をしたり、時には重いギブスをつけられ、松葉杖《まつばづえ》をついて歩いたりした。

学校へ通うのもつらい時には、母が乳母車《うばぐるま》に乗せて連れていってくれたりした。少し経過《けいか》が良くなっても、自分の足で満足《まんぞく》に走れたためしはなかった。運動会で走らされると、いつもはるかに遅《おく》れてビリだった。見物に来ている父や母に申しわけなかった。自分が悲しむのはいいが、父や母が悲しむのはそれ以上に悲しかった。

運動会は学校生活で最大の苦痛だった。夏になって、友だちが海で元気に泳いでいても、私は彼らの衣服《いふく》の見張り番をして汗を額《ひたい》からにじませていることが多かった。校内マラソン大会では走れるはずもなく、いつも折り返し点での役員《やくいん》をさせられた。野球やバレーボールがしたくても、へたくそだということでほとんど仲間《なかま》には入れてもらえなかった。時に外野に出してもらっても、ボールを受けそこねて目玉にぶっつけ、何日も赤くはらした目をして、皆の嘲笑《ちょうしょう》から逃げるだけが関《せき》の山だった。跳《と》び箱だって、満足に跳《と》べるはずはなく、わずか四段の高さに足をひっかけて転げ落ち、砂を食ったこともあった。級友《きゅうゆう》たちの笑う声が激しく責《せ》めたてて、その場で泣きじゃくった。ある時には、近所のガキ大将に思い切り投げ飛ばされて頭から真《ま》っさかさまに落ち、重傷《じゅうしょう》を負ったりもした。大きく額がさけて、目の中に生温《なまあたたか》い血の流れてくるのを知って泣き叫んだ。頭に真白い繃帯《ほうたい》をグルグル巻かれて、布団《ふとん》の上にグンニャリ横たわっている私を見て、父は、

「お前は強くならにゃいかん。強くなれ！」と、どなった。

そのシワガレ声がガンガンと頭に響《ひび》いて、また熱《あつ》いまぶたをぬらした。こんなつらい思いをしながら、足の痛みは次第につのっていくばかりだった。ふと夜中に目がさめる。足がズキズキうずいて眠《ねむ》れぬまま、こっそり庭に出て、井戸水《いどみず》をツルベで静かに汲《く》み上げて

足を冷やしてやる。水の音におびえて空を見上げると、満天《まんてん》の星がベッチャリとうるんで見える。そんな夜が多く続いた。家の者が寝しずまっている時にするこんな行為《こうい》が自分をむしょうに悲《かな》しくさせた。両親にはできるだけ心配させたくなかっただけに、悲しさはつのるばかりだった。

この黒くよどんだ時の流れは、もどかしげに七年の年月を経《へ》ていった。その流れの中で私はいつもこう考えていた。

「そのうち、俺《おれ》を笑った奴《やつ》らをきっと笑い返してやる」

たった一つのこの執念《しゅうねん》が、ともすれば崩《くず》れ落ちそうになる自分の身体《からだ》をからくも支えていたのだ。

そして、あれは中学二年の夏休みの終りを真近《まぢ》かにひかえた、ある暑《あつ》い日のことだった。汗をたらしながら山の畑へわら束をかつぎ上げていた時だった。突然、今までに感じたことない激しい痛みが右足を襲《おそ》った。私はわら束《たば》をかついだまま、山道《やまみち》の途中《とちゅう》にぶっ倒《たお》れた。その日のうちに高松市の病院にかつぎ込まれた。レントゲン検査で「慢性骨髄炎《まんせいこつずいえん》」だということがわかった。医師は眉《まゆ》をくもらせながら、病状は最悪で、手遅《ておく》れになると足を切断《せつだん》せねばならぬかもしれぬと言った。一刻も猶予《ゆうよ》ならぬと、すぐ翌日に手術《しゅじゅつ》にかかった。長い手術の時間は苦痛《くつう》の連続であったが、自分を長い間苦しませた腐《くさ》った骨《ほね》がガリガリと削《けず》り取られていくのを耳にして今までの苦悩《くのう》の表情が笑顔《えがお》に変っていくのを感じた。手術が終ってグッタリとなった私を母親が心配《しんぱい》そうにのぞき込んだ。「大丈夫だよ」と笑って見せた。医師は「もうほとんど骨がありませんから、すぐ折れるかも知れません。しばらくの間、決して足を動かさないように」と言って、右足を台の上に縛《しば》りつけてしまった。

それから一カ月間、病院《びょういん》の冷たいベッドの上で、ザクロのようにパックリ切り開かれた足と闘《たたか》い続けた。失神《しっしん》しそうな激痛《げきつう》をこらえ、心をくじけさせそうになる涙をこらえ、傷口《きずぐち》のふさがっていくのがまるで時の止まったように感じられるもどかしさにも耐《た》えた。

アルプスのお花畑

不安《ふあん》と喜びの入りまじった私の心を一冊の小さな本が支えてくれた。その本の中にあった「アルプスのお花畑《はなばたけ》」の話が、なぜだか私の心をとらえて離《はな》さなかった。

「高い山の植物は冬の厳《きび》しい雪の中で、いまかいまかと春を待ちわびています。そして雪どけと共に春が訪《おとず》れると、かわいいお山の植物たちは天に向かってからだを伸《の》ばし、短い夏の間を先を争《あらそ》うようにいっせいに美しい花を咲かせるのです。それがお花畑なのです」

こんな内容《ないよう》の話が私のすさんだ気持に刻《きざ》み込まれ、心に一つのともしびがともったのを感じた。「そうだ。春が来るのだ。でなければあんなに雪が暖《あたた》かく見えるものか。きっと春が来る」

次第《しだい》に私の心は明るく、暖《あたた》かくなっていった。そして、そのうち足が良くなったら、自分の足で歩けるようになったら、一度でもいいからお花畑のある高い山に登ってみたいとかすかな夢を抱《いだ》くようになっていた。

そんな夢をあたためているうちに、次第に骨も成長し、傷口《きずぐち》もふさがっていった。やっと自分の足で立つことができるようになると、父や母におぶさって学校まで通わせてもらった。そのうち松葉杖《まつばづえ》を使って歩けるようになると運動場の片隅《かたすみ》で、友だちが元気に跳《は》ね回っているのをじっと眺《なが》めている日が多くなった。

「人並《ひとな》みでなくてもいいから、自分の足で歩きたい。走りたい。跳《と》びたい。泳ぎたい」と、それだけをひたすら念じ続けた。

自分で歩けるようになった頃《ころ》、高校へ入学した。悪夢《あくむ》のような小、中学校時代は遠くに過ぎ去った。それでも、高校入学当時《とうじ》の私は「身長一三九センチ。体重三六キロ」でしかなかったのだ。他人《たにん》は笑うかもしれないが、自分では笑うことのできない肉体的劣等感《れっとうかん》をいつも感じざるをえなかった。体育の時間は休むことはなかったが、それでも一番うしろに並ばされて、前の身体の大きな連中《れんちゅう》がうまく技をこなしたり、早く走ったり、高く跳《と》んだりするのを羨《うらやま》しく眺《なが》めていた。自分ではできる限りの努力《どりょく》はしたつもりでも、体育は

ちっともうまくならず、平均点《へいきんてん》以上を取ったことは一度もなくいつもビリだった。やはり、自分は人並みではないとふさぎ込む日も多かった。

そんな憂《ゆう》うつな日々の中で、病院で読んだちっぽけな本の中の「お花畑」の物語《ものがたり》がますます心を占領《せんりょう》していくようだった。お花畑の夢の実現《じつげん》がいかに遠くにあろうとも、それを信じたかった。そして、その気持ちに駆《か》り立てられるように生物部《せいぶつぶ》へ入った。その年、家の周《まわ》りの草花《くさばな》や、近くの田んぼのあぜ道や、川辺《かわべ》の植物を手当り次第に採集《さいしゅう》していった。そんな時、自分の身体《からだ》が野原の間を軽くはね回り、川の上をぴょんぴょん跳《と》んで行くのが楽しくて楽しくてしょうがなかった。時には、夜を徹《てっ》して標本整理《ひょうほんせいり》に熱中し鼻血《はなぢ》を出して倒《たお》れたこともあった。それでも懲《こ》りず植物採集は続けられた。「近くから遠きへ。低きから高きへ」の鉄則《てっそく》通り、採集範囲《はんい》は拡《ひろ》がっていった。苦しい山道も、つらい雨も、自然の中にいるということだけで苦痛《くつう》にはならなかった。

高校三年生になっても山いきは依然《いぜん》続けられ、担任《たんにん》の先生も「ちっとも、受験生《じゅけんせい》らしい暗さがない。勉強しているのかしら?」と首をかしげられた。事実、身体は軽く、心は踊《おど》っていた。劣等感《れっとうかん》は次第にうすらいでいった。予餞会《よせんかい》では落語《らくご》を語って、みんなを爆《ばく》笑《しょう》の渦《うず》に巻き込むだけの心の余裕《よゆう》ができてきた。こうした変転《へんてん》のうちに、高校時代はまたたくまに過ぎてしまった。

とうとう来たのだ

お花畑への夢を抱《いだ》いて大学では生物学を専攻《せんこう》した。植物を求めて、中国山地《さんち》を歩き回った。だが、治《なお》ったはずの足も、時には鋭《するど》い痛みが走って山への心を阻《はば》みそうになることも多かった。それでも植物への、山への、大自然への愛着《あいちゃく》は捨て難《がた》く、病院で痛み止めの薬を調合《ちょうごう》してもらっては山に向った。少しずつ山が高くなり、一〇〇〇メートルから二〇〇〇メートルへ、二〇〇〇メートルから三〇〇〇メートルへとあこがれのお花畑へ近づいていく喜びを押しとどめることはできなかった。

まだ梅雨前線《ばいうぜんせん》がぐずついて怪《あや》しげな天候《てんこう》の夏の初めに、広島から南アルプスに向かう夜行列車に乗り込んだ。暗い列車の中で、足が痛み、肩《かた》が重いのを感じてほとんど眠《ねむ》れないままに早朝の甲府《こうふ》駅に着いた。その日は韮崎《にらさき》で宿泊したが、夜中に激しい雷雨《らいう》があり、冷たい高原《こうげん》の空気が足の痛みをやわらげてくれたようだった。

翌朝はカラリと晴れ上がって甲府盆地《こうふぼんち》から見上げる甲斐駒岳《かいこまだけ》はものすごくでっかく見えた。生まれて初めて登る三〇〇〇メートルの山だ。肩《かた》に食い込むほどの荷物《にもつ》をかついで恐《おそ》る恐る運ぶ足が、この山をけがすのではないかと幾度《いくど》か立ちすくんでしまった。それでも気を取り直しては再び歩《ほ》を進めていった。一歩一歩、自分の足に言い聞かせるように巨大《きょだい》な山塊《さんかい》の岩々に挑《いど》んだ。日本最大の急登《きゅうと》であるこの甲斐駒《かいこま》に、ろくでなしの足を踏《ふ》み入れている自分が恐《おそ》れ多いことのようにも思われた。それを裏づけるかのように、雨足《あまあし》が急速に追っかけて来て、またたく間に小さな身体のてっぺんからつま先までびしょ濡《ぬ》れにしてしまった。山の雨は、夏でも氷《こおり》のように冷たいものだ。レインコートは何ら役にたたず、身体の奥深くまで冷たさがジンジン突きささってきた。歯《は》の根《ね》がガチガチと合わず、いつまでたっても震《ふる》えは止まらなかった。一切れのチーズに飢《う》えを充《み》たし、一カケラの羊《よう》カンに暖《あたた》かみをもらった。目のくらむような急登にあえぎ、身を刺《さ》す寒さに泣いた。目をしょぼつかせながら何度も立ち止まり、雨と汗と涙の交った顔を拭《ぬぐ》った。うっそうと繁《しげ》った山の日暮れは早い。雨のあとからおおいかぶさるように夕闇《やみ》が迫って来た。懐中電燈《かいちゅうでんとう》を照らして、鋭《するど》いキレットの上を恐る恐る歩いた。雨で濡《ぬ》れた岩肌《はだ》が、牙《きば》をむいて叫《さけ》んでいる。

「この山を汚《けが》すのは誰だ。そいつをこの谷底に落し込んでやる！」

　肩《かた》に食い込むザックの重みで、腕《うで》は完全にしびれて、大きくはれ上がっている。濡《ぬ》れた岩肌《はだ》が何度も谷底《たにそこ》に叩《たた》き込もうとする。岩をよじる指先《ゆびさき》と、身体とザックを支える足先に、自分の全ての力を凝縮《ぎょうしゅく》した。そして、自分を信じた。

　ゼラチンのようによどんだ暗闇《やみ》の中に、たった一つの光を見つけた。山小屋《やまごや》の光だった。救《すく》いの手がさしのべられたようだった。ホッと安堵《あんど》の胸をなでおろした。重く濡《ぬ》れ、冷たく凍《こご》えた身体を光に向って進めた。光だけが心のよりどころだった。山小屋にたどり着くやいなや、小屋番《こやばん》のおじさんに熱いお茶をもらった。おじさんと一言二言、言葉を交《かわ》しているうちに、温《あたたか》いイロリのそばで崩《くず》れるように眠《ねむ》り込んでしまっていた。

一夜明けると、お山は雲一つなかった。停滞《ていたい》していた梅雨前線《ばいうぜんせん》も北上《ほくじょう》してしまったらしい。山小屋から目を細めて見上げると、鋭角的《えいかくてき》なピラミッド型の頂上《ちょうじょう》が白く光ってまぶしかった。身体は軽く、荷物も肩《かた》に柔《やわら》かく触《ふ》れた。この明るい太陽に照らされて、昨日の苦しみや冷たさなどはどこかへ蒸発《じょうはつ》してしまった。急な岩場《いわば》や鎖場《くさりば》を、しっかりつかみ、がっちり踏《ふ》んで、小さな身体が頂上に迫っていった。アオモリトドマツやシラビソの針葉樹林帯《しんようじゅりんたい》から、様相《ようそう》は一変《いっぺん》してダケカンバが現われ、それからハイマツも現われ出した。まるで定規《じょうぎ》で区画したかのような鮮明《せんめい》な垂直分布《すいちょくぶんぶ》であった。手もとのノートに書きしるされていく植物名が次第に多くなってくると、矢も楯《たて》もたまらなくなって心がせいた。足が急いだ。

「お花畑がある！」

急に目の前に大きな野原《のはら》が拡がった。ザックをかなぐり落して、カメラとノートを持って原っぱの中に転《ころ》がり込んだ。緑の中に吸い込まれて、静かに目を閉《と》じた。グルグルと時が逆行《ぎゃっこう》して、病院のベッドの中でぐったりとなっていたあのひよわな自分の顔を想《おも》い浮べた。

「とうとう来たのだ」

恐る恐る目を開いて周囲《しゅうい》を見まわした。今まで植物図鑑《ずかん》や標本でしか見ることのできなかった可憐《かれん》な花が、まぶたの裏《うら》でうるんでいる。クロユリ、ハクサンイチゲ、シナノキンバイ、コケモモ等々、数えあげればキリのない高山の植物たちがわが世の春を謳《うた》い上げている。

「僕はこの足で来たんだよ。本当に来たんだよ。

会いたくて会いたくてたまらなかったんだよ」

それだけを彼女たちに語りかけ、お花畑の中に小さな身体を深々《ふかぶか》と横たえた。強い紫外《しがい》線《せん》が顔をピリピリ刺《さ》した。うっすら目を開いてうーんと遠くに焦点《しょうてん》をあわせてみるが、富《ふ》士山《じさん》や八ケ岳《やつがたけ》が目の中にぼやけてしまった。それがおかしくなって、グスグスと鼻をすると、甘酸《あまず》っぱい感傷《かんしょう》が口の中にいっぱい拡《ひろ》がった。大自然《だいしぜん》の中で、ちっぽけな一人の男の感激が脈《みゃく》打っていた。胸がジーンと鳴って、私はそこからいっこうに立ち去ろうとはしなかった。

ともすれば、弱音《よわね》を吐《は》きそうになる私の身体を鍛《きた》えていったのは、母なる大自然の厳《きび》しい鞭《むち》だった。甲斐駒《かいこま》登山をきっかけに、その足で千丈岳《せんじょうたけ》、尾瀬ケ原《おぜがはら》と歩いた。そして、植物を求めて、いつの間にやら私の身体は日本中を歩き回っていた。北は利尻《りしり》・礼文島《れぶんとう》から、南は喜界《きかい》・徳之島《とくのしま》まで日本縦断調査行《じゅうだんちょうさこう》が始まった。アルバイトでまとまった金ができるとすぐに汽車に乗り、船に乗った。ときおり襲《おそ》って来る足の痛みなんぞは、未知《みち》の土地や山、植物や人情《にんじょう》への魅力《みりょく》に押しつぶされてしまって、どこへやら葬《ほうむ》られてしまった。四年間、風に吹かれ、雨に打たれ、潮《しお》に流され、波に洗われ、陽《ひ》に焼かれた。

激しく肌《はだ》を焦《こ》がすある夏の日、島の海岸の高い崖《がけ》の上で、私は卒論調査《そつろんちょうさ》をしていた。その時大自然の厳《きび》しい鞭《むち》がわが身を打って、高さ一〇メートルの断崖《だんがい》から足をすべらした。岩盤《がんばん》で激しく打撲《だぼく》しながら海に落ちた。無我夢中《むがむちゅう》で泳いだ。岩礁《がんしょう》に泳ぎついて、身体を横たえた。額《ひたい》が割れて血がふき出していた。右手は大きくえぐり取られて、パックリと口を開き、白く骨がのぞいていた。だが気絶《きぜつ》するなどという心の弱さは少しもなかった。歯でタオルをさいて腕《うで》を固く縛《しば》り、応急手当《おうきゅうてあて》をほどこした。腹の底から嘔吐《おうと》が上がって来るのがつらく、顔をゆがめた。茫然《ぼうぜん》となって途方《とほう》にくれていると、幸運にも漁舟《ぎょせん》が沖を通りかかった。いかついひげ面の漁師《りょうし》のおじさんが私を救ってくれた。島の街の病院までの舟の中で、ぐったりと身を横たえ青ざめていた。それでも「明日はどこの調査《ちょうさ》をしようか」とつぶやきながら、激しく痛む腕《うで》でポケットの中の地図をまさぐっていた。口の中が塩辛《しおから》く、何となく悲しくなってきた。

あとで島の人たちが、

「あんな高い所から落ちて、よう死ななんだもんじゃ」と話していた。

九死《きゅうし》に一生を得ての卒論調査はそれで終止符《しゅうしふ》が打たれたが、それも厳《きび》しい自然の試練《しれん》なのだと思った。傷はみるみるうちに良くなっていった。医者はそれが若さの証拠《しょうこ》だと言って笑った。

大自然の鞭《むち》は、私に厳《きび》しさばかりを教えたのではなかった。土地の人々のやさしい心と、愛情とを教えてくれた。十日もたつと自由に動けるようになった。まだ、頭と腕《うで》の繃帯《ほうたい》が痛々《いたいた》しかったが、島の親切なおじさんやおばさん達と名残《なご》りを惜《お》しんだ。完成した卒業論文の巻頭《かんとう》には、私を救ってくれた漁師のおじさんの名前を入れて感謝《かんしゃ》の念《ねん》とした。

長い四年間の生活の中で得た座右《ざゆう》の銘《めい》は、大学での眠《ねむ》い講義《こうぎ》や、実験《じっけん》からではなかった。自分の得たのは、ただ一つ。

「自然こそ　わが師《し》」という短い言葉であったのだ。

とりもどした腕白《わんぱく》時代

大学を終えて母校《ぼこう》に帰り、高校で「生物《せいぶつ》」を教えるようになった。希望《きぼう》に満ち溢《あふ》れた若い心が新しい人生の中で踊《おど》った。素晴《すば》らしく、若く、元気な生徒たちの中で私の心も驚《おどろ》くほど若返っていくのを感じた。みるみるうちに時の流れが逆行《ぎゃっこう》していって、少年時代には奪《うば》い去られて得ることのできなかった「腕白《わんぱく》時代」を取り戻していた。毎日、放課後《ほうかご》になると、運動場や体育館で身体を動かし続けるようになった。その中に本当の肉体《にくたい》の喜びを少しずつながら、自分のものにしていくことができた。そして、日一日とその楽しさが増《ぞう》大《だい》していくのを感じた。とにかく、身体《からだ》を激しく動かしていることだけで楽しいし、汗《あせ》をたらしての厳《きび》しい練習も昔の自分を思えばちっとも苦にはならなかった。奉職《ほうしょく》しての一年間、教師としての馴《な》れぬ生活のうちにも、生徒たちと肌《はだ》をつき合わせてスポーツに励《はげ》むことで親密《しんみつ》さを増し、気軽《きがる》に話し合い、笑えるようにもなっていった。

いつも若いスタイルなもんだから年がら年じゅう生徒と間違《まちが》われて、用務員《ようむいん》さんにどなられたり、卒業生にすごまれたり、生徒に追っかけられたりした。が、その中に自分が生徒と間違《まちが》えられるほど、彼らに近い存在《そんざい》であることも知った。私は、まだ肉体《にくたい》的にも体力的にも高校一年生にも達し得ないのだった。だから、これから自分を向上《こうじょう》させるためにも、今までの遅《おく》れを取り戻すためにも、彼らと同じスタートラインに並んで努力したいと思った。そして、そのこと自体が本質的《ほんしつてき》に教育者としての道につながっているのだと信じて疑《うたが》わなかった。

体力形成の一年がまたたくうちに過ぎていった。この間、学校を夜の七時より早く離《はな》れたことはなかった。毎晩遅《おそ》くまで、若い体育の先生方の手をわずらわせて、何らかのスポーツにどんどん身体をぶっつけていった。ヘトヘトにへばっても、弱音《よわね》だけは吐《は》くまいとした。そんな日々の中で、素晴《すば》らしい成長《せいちょう》の感激《かんげき》が身体の底から湧《わ》き上がって来るのを感じた。

汗をびっしょりかいて、ヤレヤレとシャワーを身体いっぱいに浴びる時、心地《ここち》良い疲《つか》れが全身を包んで行く。ふと自分の裸《はだか》を見ると、今まで貧弱《ひんじゃく》だったその足が、太くたくましく筋肉《きんにく》が盛り上がっていくのが手に取るように認められるではないか。偉大《いだい》なる生理学《せいりがく》者《しゃ》、ウイルヒョウの「筋肉は使わなければ退化し、使えば使うほど太くなる」という名言に、心の底から同意《どうい》したかった。

ロードレース――よし走ってみよう

翌年、希望に胸ふくらませた新入生が入って、私はまた一年生の担任《たんにん》となった。そして、若い生徒たちと再《ふたた》び新しいスタートに着いた。

空は雲一つなく、気の遠くなりそうなほど晴れ上がっていた。太陽《たいよう》がギラギラと輝いて、じっとしていても額に汗がにじんだ。五月の風は、肌《はだ》にはむしろ暑く感じられ、屋《や》島《しま》の新緑《しんりょく》が目に痛《いた》かった。この屋島《やしま》往復七・二キロのロードレースは初めて体育祭《たいいくさい》のプログラムに組み入れられた。私は今までにロードレースなんて参加《さんか》したことはなかったし、そんな長距離《きょり》をノンストップで走り通す自信はなかった。だが、今度は自分の心の様子がいつもと違っているのに気づいた。何となく走れそうな気がして身体じゅうがムズムズしていたし、ちょっぴり自信らしきものが心の奥で燃《も》えていた。「よし、走ってみよう」と心に決めた。自分一人が生徒にまじって走るのは何となく気がとがめたので、他の先生方も誘《さそ》ってはみたものの誰も辞退《じたい》されるばかりだった。しかたがないので、とにかく〝師一点《しいってん》〟で走る羽目《はめ》に陥《おちい》った。

体育祭を見物《けんぶつ》に来ていた妹は「兄ちゃん。みっともないからおよしなさいよ」と気づかってくれたが、自分はこの妹にも兄貴《あにき》としての何物かを見せてやりたいという意欲《いよく》が燃え上がっていた。妹の肩《かた》をポンと叩《たた》いて「じゃあ。がんばってくるよ」と声をかけて、トラックへ出た。

二〇〇名近くの生徒たちとスタートラインに並んだ。心臓《しんぞう》がドキドキ高鳴《たかな》って、足がふるえていた。「ドーン」号砲《ごうほう》一発、足が宙《ちゅう》に浮き、砂煙《すなけむり》が舞い上がった。一団《いちだん》となって、白い帽子《ぼうし》と、白いシャツと、白いパンツがゲートに向った。

暑い、暑い。汗がポタポタと額から流れ落ちる。汗が湯気《ゆげ》になってすぐにメガネを白く曇《くも》らせる。とにかく、無我夢中《むがむちゅう》のうちにも足だけは前に進んでいるらしい。大勢《おおぜい》の生徒たちにまみれて、蒸《む》し焼きにされて酔《よ》っぱらったような感じになった。しばらく走っているうちに、先頭《せんとう》との差が次第に開いて、自分のペースで走れるようになった。時々、暑さに耐《た》えかねて、湿《しめ》ったタオルで顔を拭《ふ》きながらも、ただひたすらに走り続けた。暑さには閉口《へいこう》したが、足は意外《いがい》と軽く進んで、折返《おりかえ》し点《てん》では三〇番ほどであった。赤いインキを手にべったり塗《ぬ》りつけられた時、「これならいけそうだ」と思い、ちょっとスピードを上げてみる。「うん、調子いいぞ」と自分に言い聞かせながら、ふと笑顔《えがお》になった。まだ折返し点までの遠い道をハアハアあえぎながら走って来る生徒たちを見ると、ついおかしくなってまた顔がゆるんだ。「おい、がんばれよ」「ファイト！　ファイト！」と威勢《いせい》のいい声が口をついて飛び出し、さらにペースは上向《うわむ》きになっていった。一人、二人、四人、六人と、苦しそうに走っている生徒たちを追い抜いていくのが楽しく、時には彼らの背中《せなか》をドンと押して、「お先にいくよ」などと声をかけてみる。まったく彼らには気の毒だったが、これが勝負の厳《きび》しさかも知れないと、〝勝負師根性《しょうぶしこんじょう》〟がちらついた。

競技場《きょうぎじょう》が見えて来た。ペースも次第《しだい》に上がり、それだけ苦しさも増《ま》した。がんばれ！　がんばれ！　ガムシャラに突っ込めば何とかなるだろう。走れ、走れ。こんな時、オリンピック・マラソンの覇者《はしゃ》アベベはどんな気持で走っているのだろうか。アベベとヒトシは

「月とスッポン」かも知れないが、それでも二人には「ひたすら走る」という共通《きょうつう》の精神《せいしん》しかないのだろう。アベの超人的《ちょうじんてき》な走法を思い浮かべながら、電車の踏《ふみ》切りを横切った。競技場《きょうぎじょう》に入ってすぐさま一人追い抜いた。さらに先を見ると五メートルほど前方《ぜんぽう》に一人走っている。生徒たちの歓声《かんせい》がワアワアと聞こえて来るが、そんなのに耳を貸す余裕《よゆう》はちっともありはしない。とにかく、この前の男を追い抜いてやろう。そして、妹に兄貴の健在《けんざい》ぶりを目のあたりにみせてやろう。走れ、走れ。苦しい、苦しい。まったく死ぬほど苦しい。最後《さいご》のトラック一周が、今まで走って来た距離《きょり》の何十倍も何百倍も長く長く感じられた。気の遠くなりそうな四〇〇メートルのトラックを彼にピッタリとくっついて、ジワジワと差をつめていった。ここで追い抜くと、あとで抜き返されるかも知れない。彼と同じ歩調《ほちょう》で足が進んで、ゴールが真正面《ましょうめん》に見えた。「いまだっ！」と叫《さけ》んで、ラストスパートをかける。全ての力をふり絞って、死にもの狂いで腕《うで》をふり、足をあげた。何もかも消え失《う》せて、目の前が真暗になった。手のひらに小さな紙切れが渡された。そのまま走り過ぎて、空に向って大きく胸を拡《ひろ》げた。頭の奥がジーンと痛んで、その場でぼんやり立ちすくみ、しばらく物が言えなかった。「俺《おれ》は俺に勝ったのだ」心の中でつぶやいた。涙《なみだ》が出そうだった。もし誰もいなかったら、この広い競技場《きょうぎじょう》の真中に立って、男らしく大きな声で腹の底から泣きたかった。手のひらの紙切れには、赤インキで〝16〟と書いてあった。たった一枚の小さな紙切れに、私の長い間の苦しみと悲しみが吸《す》い取られていくようだった。

生徒たちが駆《か》け寄って来て、「先生、おめでとう」と言ってくれた。私はその言葉《ことば》の中に、小さい頃から長い間待ち望んでいた夢のすべてが、ほとばしり出るのを感じた。今だかつて、誰も私を身体《からだ》のことでほめてくれたことはなかった。「のろま」「まぬけ」「へたくそ」そんな嘲《あざけ》りの言葉だけが、私の少年時代の身体に対するすべてだったのだ。ところが、今はもう違《ちが》う。長い間欲《ほ》しがっていた「おめでとう」というその一言。その一言を、今、両腕《うで》をいっぱいに拡《ひろ》げて得《え》ることができたのだ。嬉《うれ》しかった。泣きたいほどに嬉しかった。

どうせビリで帰って来るだろうとタカをくくっていた妹は、トップランナーが帰ってきて牛乳《ぎゅうにゅう》を買いに出かけようとして立ち上がると、もう兄貴の姿《すがた》が見えたので驚《おどろ》いたという。嬉《うれ》しかったという。家へ帰って、一六番になったことを話しても、家族《かぞく》の者はなかなか信用してくれなかった。しかし、それが、本当だと判《わか》ると、みな、心から祝《いわ》ってくれた。長い間、身体のことで心配《しんぱい》や世話《せわ》をかけた父や母に、自分の力走《りきそう》している姿を本当に見てもらいたかった。しかし、両親は妹の話にコックリうなずいて、満足《まんぞく》げに息子《むすこ》の力走ぶりを思い浮べている様子《ようす》だった。「お父さん。お母さん。ありがとう」私は心の中でこうつぶやいて、あとがつまった。

このロードレースの出来事《できごと》は森繁久彌《もりしげひさや》さんの「今晩は。森繁です」を通して全国にラジオ放送された。この放送を聞いた人々からの激励《げきれい》の手紙が、全国各地から届いた。

「ちびっこせんせい、がんばってください」

「健康《けんこう》な私でさえ、先生の努力には心打たれました。そして、自分自身の身体についても強く反省《はんせい》させられました」

「私の子供も足が悪いのですが、あの放送で勇気づけられました。がんばってください」

「これからも、生徒さんたちのいいお兄さんとしていっしょに走り続けてください」等々。

そして、この放送番組はレコードにして送られて来た。私はこのレコードを大切に保存《ほぞん》して、時あるごとに聞いている。これからの長い人生において、くじけたり、つまづいたりしたら、いつでもこの放送を聞こう。そして全国からの暖かい激励《げきれい》の手紙を読もう。その時、私はこのロードレースの感激《かんげき》を再び思い起して、勇気《ゆうき》づけられるだろう。

「自分の身体は自分が主人公《しゅじんこう》だ。

　自分で見つめ、自分の意志《いし》で作り変えていく」

2 人間は考える〝足〟

火がついたように呼吸《こきゅう》が激《はげ》しくなっていき、ふと、時の流れが止まったような中に再び自分が走っていることを発見する。私はどうしてこんなにまで苦しい思いをして走らなければならないのか。なぜ頭のてっぺんから足の先まで煮《に》えくりかえるような「苛酷《かこく》さ」のうちに自分の身体を引きずり込むのか。だが、今はその走り続けなければならぬ理由は考えるな！　現《げん》にその苦しみに耐えながらも、手や足は動いているではないか。

ロードレース出場もこれで四回目。それでいていつも感じるのは身体の真底《しんそこ》からのあえぎであり、葛藤《かっとう》であり、苦しさなのだ。今年はもう三年生は自宅学習《じたくがくしゅう》にはいっていて出場はしない。信号で停止するのは不公平《ふこうへい》なので国道一一号線にまたがる陸橋《りっきょう》を走るのが去年と変っただけで、あとは相《あい》も変らず厳《きび》しい〝心臓《しんぞう》破りの丘〟が待ち受けている。山道へのとっつきまで呼吸をととのえる。さあ、走れ！　ここからがいよいよ勝負どころだ。男ならやってみろ。前方三〇メートル内を走るのは一〇数名。

右腰《みぎこし》も、右足もその痛みは一瞬《いっしゅん》として止まらぬ。それでも走る。ジェット機がマッハのスピードで飛びながら、それでいて最上空《さいじょうくう》では静止しているような感覚《かんかく》。そんな瞬間《しゅんかん》が好きだ。人呼んで私の走法《そうほう》を「ジェット走法」という。自分ではジェット機のように速《はや》いと思ったことはなく、人並みの速さで走れるなどとも思わない。走っているのは自分の心だけなのだ。

激しい急登《きゅうと》に足がこばわる。ブルーのショートパンツが、ガサガサと抵抗《ていこう》する。一歩一歩の前進が、グラッグラッと身体を左右に揺《ゆ》るがせる。石ころが足を奪《うば》い、汗が目の前をさえぎる。だが、いちいちそんなことにはかまってはおれない。がんばって登るのだ。一人抜き、二人抜き、そして四人、五人と追い抜いていく。苦しい呼吸の中でたくましい骨《こっ》格《かく》の彼らに「がんばれ！」と声をかけて、また重い右足を引き上げる。さあ、目指すは前方一〇メートルを二人組で走る陸上部員《りくじょうぶいん》。山道がぐーんと右に大きく曲がるところ、いよいよ苦しい。耳の底がジーンと唸《うな》って、自分の足音も心臓《しんぞう》の音も、そしてゼイゼイとあえぐ息さえもかき消されていく。もうひとふんばりだ。中間地点の石切場《いしきりば》が目前に迫った。役員《やくいん》の声援《せいえん》と後方からのかけ声がかすかにこだまする。前方の二人の背中《せなか》が大きく見えてきた。ほんの小さな動きに違いないのだが、二人の身体が前に遠く離れ、左右の揺《ゆ》れが大きくなりはじめると、言い知れぬ焦《あせ》りを感じた。いけない！　ここで離されては一〇数年間のただひたすらの望みも消え失せてしまう。精根《せいこん》つき果てても、とにかく前のノッポとチビを追い抜くのだ。朝食った飯粒《めしつぶ》が、沢庵《たくあん》が、味噌汁《みそしる》が、そして二時間前に流しこんだウドンやネギまでがこみ上げて胸を激しく締《し》めつける。目の前に目指《めざ》す二人の頭があった。その揺《ゆ》れる二つの顔が右手にグーンと移動した。二人の苦しそうな形相《ぎょうそう》がチラリと目に映った瞬間《しゅんかん》、「がんばれ、がんばれ！」と二人ぶん声をかけて、そしてグンと足を一歩大きく踏《ふ》み出した。

その瞬間《しゅんかん》私は首位《しゅい》に立った。

手にマジックインキをかざして役員たちが私に向って声援《せいえん》する。走りながら左の手袋《てぶくろ》をはずして、大きく差し出す。ベッタリと手のひらに黒い条線《じょうせん》が走ると、汗にまじってインク特有《とくゆう》の匂《にお》いと、出発前に生徒が貸してくれた消炎剤《しょうえんざい》の芳香《ほうこう》が手のひらから流れ出し、澄《す》んだ冷《ひや》やかな大気の中に吸い込まれてゆく。

中間地点を過ぎて山道はなだらかな下りにはいる。と、そこで一呼吸二呼吸大きく胸を拡げ、両手を上げて、ブルンブルンとふりながら歩調《ほちょう》を落とす。ピッチの速い激《はげ》しかった呼吸が突然に破られて、ゴホゴホと急激《きゅうげき》に使い古しの二酸化炭素《にさんかたんそ》を新鮮《しんせん》な酸素に入れ替える。頭の先までむせかえって涙をポロポロ流しながら、今までの苦しかった道すじをふり返った。山の登り口から私の真うしろまで、白帽《しろぼう》、トレシャツ、トレパンの白装束《しろしょうぞく》の何百

人という長蛇《ちょうだ》の列が続く。壮観《そうかん》である。思わずウーンと唸《うな》って驚《おどろ》いた。いま私はこんなに大勢《おおぜい》の群衆《ぐんしゅう》のトップを走っているのだ。自分にこんな力が本当にあったのか？

長い下り坂でうしろを再びふり返ってみた。例の二人が、やはり速いピッチで追走《ついそう》してくる。足が急にズキリと痛む。さらに続けてドシーンと大きな痛みが右腰を襲《おそ》い、前後に規則的《きそくてき》にふり続ける右肩《かた》の何と重くなったことか。自分は一体誰の身体で走っているのだろうか。息づかいこそは少しやわらいだが、腕《うで》や、肩《かた》や、足が、するどく交互に責《せ》めつける。下り坂が大きくくねって、ヘアピン・カーブにさしかかると、今まで走ってきたその真上の道をはち切れんばかりの若さが猛烈《もうれつ》な迫力で、この先頭をいく一個の小さな個体を続々と追跡《ついせき》して来る。右真上《まうえ》に見える彼らの一歩一歩がぐーんと真近かに迫《せ》まって来るのを感じて、言い知れぬ怖《おそ》れと焦《あせ》りを感じた。なぜなら私は身体が小さいので登りには強いが、下りには全く弱いのだ。小さなタンパク質の固《かた》まりが、自分の意志《いし》以上の重力《じゅうりょく》に引かれてコロコロと転《ころ》げ落ちる。この道程《どうてい》の何とまあ無表情《むひょうじょう》なことか。ええい、自分を突き落せるところまで突き落せ。ズシンズシンと足の裏を響《ひび》きわたってくる一歩一歩の土の感《かん》触《しょく》が脳《のう》の底に打ちつけられるようだ。足や腰どころではない。頭までが痛んでくる。これからあと何キロメートル走らなければならぬのか。このあと、これ以上の障害《しょうがい》や苦しみが一体いくつ待ち受けているのか。

力のあらん限りをふりしぼって一気に坂を駆《か》けおりる。赤茶けた八幡神宮《はちまんじんぐう》の裏山《うらやま》が目に映った。この無表情な岩山に目をやりながら、病気も癒《い》えはじめた頃の高校時代をなつかしく思い出していた。

高校に入学して田舎出身《いなかしゅっしん》の私はいつもおびえたようにオドオドしていた。マンモス高校の威圧《いあつ》的な雰囲気《ふんいき》に耐えられず、成績《せいせき》もビリで、体育の時間も憂《ゆう》うつであり、学校へ通うのさえ嫌《きら》うようになっていた。自分のちっぽけな存在が余りにも無意味のものと化し、自《じ》己存在意識《こそんざいいしき》さえ失いかけていた。そんな時、たくましく顔立ちのひきしまった長身《ちょうしん》のいかにも男らしい〝君〟があらわれて、私のひがんだ気持ちを救《すく》い出してくれた。君は同じクラスで成績も抜群《ばつぐん》、体力も人並み以上に優《すぐ》れてスポーツの万能《ばんのう》選手、そして字も絵も素晴《すば》らしく上手《じょうず》だった。君は高校一年の夏のある日、はじめて私を八幡様《はちまんさま》の裏の岩山へ連れていって高松市の説明をしてくれた。そして、その時君はうんと勉強して将来《しょうらい》あこがれの大学へ入って文学者になるんだと、決意《けつい》のほどを語ってくれた。あのゴツゴツとした岩山《いわやま》から二人で声を大にして瀬戸の海に向って青春の意気を吐《は》き出した。それから私は君に励《はげ》まされて燃《も》えるような意気をもって勉強に没入《ぼつにゅう》していった。まるで兄貴《あにき》のようなやさしさと大らかさで鞭《むち》打ってくれた君は、学年が進むにつれてなぜだか次第《しだい》に私から遠ざかっていってしまった。二年、三年と勉強が苛烈《かれつ》になるにつれて君は私の呼《よ》び声さえ避《さ》けるようにして閉《と》じこもってしまった。君の苦しみや悩《なや》みや悲しみを、かすかに感じていても私にはそれを解決《かいけつ》してやるほどの強さは持ち合わせてはいなかった。だがたとえ、そうであっても君は私に話しかけて欲しかった。私にも苦しみがあり、悩みがあった。それを打ちあけて励《はげ》まし合うところに真の友情《ゆうじょう》があるのではなかったか？　そして遂《つい》に君は休学《きゅうがく》してしまったね。その時の君の怖《おそ》ろしいほど悲しい青春の苦悩《くのう》は「丘の向こう」という次の散文《さんぶん》で表《ひょう》現《げん》されていた。

——屋上《おくじょう》に出ると、紫雲山《しうんざん》の上の青い空がすき通るように見えた。山の緑に反射《はんしゃ》した日光が空に映《うつ》って、あんなに青水晶《あおすいしょう》のように見えるのかと思った。

高校に入ってから、私はあの美しい青空に気づくようになった。毎年暑苦しい季節になると知らぬ間《ま》にあの空に招《まね》かれて、過ぎし日をしのぶのが私の習慣《しゅうかん》になった。

夏の空は美しい。

私は、この自然の輝きを見ているうちに、あるふん囲気の中へとけ込んでいった。私の心はなつかしさでいっぱいになった。ちょうど二年前の、ある初夏《しょか》の日を思い出したのだ。

雨が降っていたその日、私は三限目の英語《えいご》の時間にテキストの解説《かいせつ》を見て、つぎの言葉を見出したのだ。それは、ユージン・オニールの〝地平線《ちへいせん》の彼方《かなた》に〟からの抜《ばっ》すいだった。

——丘の向こうは、あんなにきれいじゃないか。僕を呼ぶ昔なじみの声が聞こえる。今こそ、あそこへいくんだ。僕の旅、自由に解放《かいほう》されて、地平線の彼方《かなた》をいくんだ——

ちょうどその頃、成績は下がるし、からだの調子も悪く、スランプに悩まされていた私の心は何カ月ぶりかで明るくなった。

「受験《じゅけん》」という言葉に圧迫《あっぱく》され、死のうとまで思った私の心は、これでどんなになぐさめられたことだろう。それまでの私の苦しみは、小刀《こがたな》の四本の傷《きず》あとになって私の腹部《ふくぶ》に残っている。

昼休みに、私は屋上へ出てこの言葉を暗《あん》しょうした。そのとき、雨はやんで紫雲《しうん》の山なみのすぐ上には青空が見えていた。何回もくり返すうちに、胸《むね》がしめつけられるような気がした。あの山の上の、あの美しい空が〝丘の向こう〟なのだと思った。深呼吸《しんこきゅう》をすると、なおさら涙がこぼれた。

その日のことを、私は一生涯《しょうがい》忘れぬに違いない。それは、青春の日の私の心が、最も輝《かがや》いたときなのだから——

君はこんなにも悲しく美しい文章を残して去っていった。君は激《はげ》しくわが身を責《せ》めながら、二年遅《おく》れて大学に入った。しかも、その大学は君が誇《ほこ》らしく語ってくれた大学とはまったく違《ちが》っていた。そして君は大学でも長くは生活できなかった。高松に戻《もど》って再び君はあの岩山から紫雲《しうん》の山々をながめては、青春の回顧《かいこ》にふけっていたのか。君の消耗《しょうもう》した肉体《にくたい》と疲れ果てた心には、もはやあの岩山は険《けわ》し過ぎたのだ。あの夏の日のように力強く私を引き上げてくれたあの太い腕《うで》はどこへいったのか。自分の身体をグンと力強く支《ささ》えることはできなかったのか。私と相撲《すもう》してねじ伏せた胸の厚み、かけっこをして置き去りにした太い足、そしてにらみすえた輝く瞳、それらは一体どこへいったのか。君はわが身の落ちるのを支えることができなかったのか。肉が裂《さ》け、骨がつぶれ、鮮血《せんけつ》がほとばしる。その時、悲しい青春の終末《しゅうまつ》が、あの赤茶《あかちゃ》けたゴツゴツと人をあざけるような岩肌《はだ》の上で起った。その日も君は〝丘の向こう〟ばかりをながめていたのか。自分の足で一歩一歩力強く着実に地面を踏《ふ》みしめることをせずに、美しさと自由ばかりを求めて宙をさまよっていたのか。

君は崖《がけ》の下で死んだようになって倒《たお》れていた。病院へかつぎ込まれ、ベッドの上で手当てを受ける時何を考えていたのか。私がかつて卒論調査で崖《がけ》から転落し半死半生《はんしはんしょう》の状態《じょうたい》であった時、そして額や腕《うで》から鮮血《せんけつ》がほとばしり出た時、私は雄々《おお》しく力強くその苦しみに耐えた。そんな同じような体験《たいけん》——生と死の間をさまよい歩く時、君は何を感じ、何を考えたか。君は今もなお病院の固く冷たいベッドにじっと横たわっている。そして私はこうして走っている。君もがんばれ。私もがんばる。

青春の邂逅《かいこう》のあったその激しく厳《きび》しい山道にさよならを告げた。失われていたものを求めて私は走り続けている。君よ、再び元気になったら共に走ろうではないか。私はもう君には負けないぞ。

生徒たちや先生方の声援《せいえん》をあちこちで受け止めながら、ピッチはますます高まっていく。松の緑や、土の赤さが消えて、街《まち》の騒音《そうおん》やコンクリートの白っぽさが新しい刺激《しげき》として混《こん》乱《らん》した頭脳《ずのう》をさらに激しく締《し》めつける。陸橋《りっきょう》へさしかかる。急な階段《かいだん》を勢いよく一気に駆《か》けあがる。思わず「ああ、しんどい！」と頭のてっぺんまで唸《うな》りをあげた。国道をまたぎながら後方をふり返ると、白い帽子が細かく揺《ゆ》らぎながら近づいて来る。香川大学のサッカーグラウンドを眺《なが》めながら二段ずつ飛ぶようにして陸橋を駆けおりた。——「ああ、サッカー！」と心の中でつぶやいた。このレースが済《す》んだらサッカーを楽しもう。こうして今自分がトップで走っているのも、それこそサッカーのおかげなのだ。サッカーを始めて二年の間に自分は実にたくましくなった。細々とか弱かったその足も、今は筋肉が盛りあがって太ももは六〇センチにもなったし、キック力も強くなった。足も速くなった。数十分間走り続けても疲《つか》れなくなった。レモン色のボールを求めて走り続ける強い身体。その強さを自分は一〇数年間待ち望んでいたのだ。

サッカーのプレーを思い出しながら、大学の間を通り抜けた。希望が湧《わ》いてきた。横断《おうだん》歩道《ほどう》を渡ると声援《せいえん》の拍手が、激励《げきれい》のことばが、次第に耳をつんざくように聞こえて、身体の底までジーンとしみわたった。グラグラッと目の前が大きく揺《ゆ》れて、数百メートル前方に学校の校舎が迫《せま》ってきた。そうだ、本当に私はこの道をトップで走り続けているのだ。腕《うで》の振《ふ》りがいっそう大きく、足の歩幅《ほはば》も数センチばかり大きく、心臓《しんぞう》の搏動《はくどう》も極限《きょくげん》に達して、酸素《さんそ》の要求度《ようきゅうど》も一段と激しさを増していくようだった。無性《むしょう》に苦しかった。がまんできぬほど苦しかった。だが、私は決してひるみはしなかった。第二位の者をはるか後方にひきはなしたのを知った。自分に与えられた、そして自分が獲得《かくとく》してきたすべての力を最後の一滴《いってき》までふりしぼってゴールインしたかった。半そでのグリーンのシャツが背中にべっとりとまとわりついてきた。足の筋肉がひきつった。孤独《こどく》との闘《たたか》い——たとえ沿道《えんどう》に何百人の生徒たちが出迎《むか》え、拍手《はくしゅ》をしてくれようとも私は孤独《こどく》であった。あと数十メートルでその孤独《こどく》を克服《こくふく》できるのを感じたとき、腹の底から熱気《ねっき》がこみあげ、それが鼻をくすぐり、まぶたの裏を濡《ぬ》らすのを覚えた。最後の力を、精神を、青春を、苦悩《くのう》を、筋肉を、細胞《さいぼう》を、ゴールの中に投げ込んだ。テープが切れた。

――勝った!!

心の中で一人しみじみと喜びをかみしめた。ワァーッと多くの女生徒たちがかけ寄ってきた。「先生おめでとう」「とうとうやったわね」「素晴《すば》らしかったわ」とつぎつぎに声をかけてくれた。

握手《あくしゅ》を求められ、左手に小さなアメ玉が一個のせられた。私はしばらくその場でじっとしていたかった。だがその素晴《すば》らしい瞬間《しゅんかん》が次々と破られていってもしかたのないことであった。なぜなら私は勝者《しょうしゃ》になったのだから。

少年時代に虐《しいた》げられた肉体的、精神的劣等感《せいしんてきれっとうかん》が、ひと一倍の〝負けん気根性《こんじょう》〟となって今日まで続いてきた。だが私は余りにも自己中心主義《じこちゅうしんしゅぎ》ではなかったかと反省《はんせい》してみる。もう自分ばかりを主張《しゅちょう》する歳ではないのだと。もう二五歳にもならんとする。少しはもっと大らかな目で社会を見つめなければならない。自分がいつまでも自分として通らないのが大人の社会なのだ。結婚のことも考えよう。将来《しょうらい》の家庭のことも考えよう。今まで理想を追い続け、希望を求めて努力してきたものが、現実《げんじつ》の力となって脈《みゃく》打ちはじめたのを感じる。激しかったレースの苦しみをグラウンドでボールを蹴《け》りつつやわらげながら、そして雨に濡《ぬ》れながら物思いにふけっていた。

夕闇《やみ》せまる頃、廊下《ろうか》で学校長の帰途《きと》といっしょになった。一言二言の美しい瞬間《しゅんかん》があった。

「木村君、今日はトップでようがんばっとったなぁ」

「校長先生、それでもしんどかったですよ」

「じゃが、やっぱし日頃の鍛練《たんれん》のたまものじゃのう……」

しばらく無言《むごん》のうちに心がかよい合った。しみじみと湧《わ》いてくる感傷《かんしょう》が溢《あふ》れんばかりになって、静寂《せいじゃく》に満ちた薄暗い廊下に流れた。

「努力《どりょく》と感激《かんげき》のない所に人生はない」と——。

3 足は短く愛は長く

雪を伴《ともな》った季節風《きせつふう》が、海の向うからサッカーグラウンドに激《はげ》しく吹きつける。風が冷たく肌《はだ》をさし、雪の粉《こな》が舞い上がって目の中に飛び込んで涙《なみだ》を出させる。ブルブルと身震《みぶる》いをして、顔を濡《ぬ》らす雪のしずくを涙《なみだ》とともにこすりあげる。身体をゆすったり、ジャンプしたりしてもいっこうに温《ぬく》もりそうにもない。ガッガッとスパイクで、固く凍《こお》りついたグラウンドの土を砕《くだ》いてみる。右足にできた二つの大きなマメがビリッと痛む。こんな怠惰《たいだ》な状態《じょうたい》が長く続いて私の心は雪の冷たさにくじけそうになる。激しく赤と青のユニホームが混戦《こんせん》を続けているが、ただいたずらにボールの蹴《け》り合いをしているのみだ。

その冷《ひ》ややかな空間を破るかのごとくに、味方《みかた》からダイレクトのパスが、充分《じゅうぶん》コントロールされたスピードで私の足もとに渡《わた》った。濡《ぬ》れて凍《こお》った重いボールを一歩前に大きく押し出し、ダッシュをかけた。長い間の膠着《こうちゃく》状態が、一挙《いっきょ》に溶《と》けていくように感じた。青いユニホームが猛然《もうぜん》と迫って来た。ガンとのめるような衝撃《しょうげき》を覚えながらも、バランスを保って前進《ぜんしん》し、足をめまぐるしく回転《かいてん》させて堅《かた》いボールを押し進めた。心臓の激しい鼓動《こどう》のテンポでタッチライン沿《ぞ》いに走り、左にボールを回わして大きくゴール前に切り込んだ。熱《あつ》い息が腹の底から吹《ふ》き上げて、口の中に流れ込んでくる冷ややかな雪を溶《と》かして、走り続ける意欲を湧《わ》かせた。次の青い影が一直線に突進してきたが、一瞬《いっしゅん》にその激しいタックルを後方にはずした。二つの青い影は、私の走った軌跡《きせき》の上に折れるように倒《たお》れていた。二人の敵を置き去りにした勢いで、ゴールラインぎりぎりにまでボールを運んでいたが、もはやこの角度からはシュートのチャンスはなかった。ゴール前には二種のユニホームが激しく交錯《こうさく》して、三たび青い影がせまってきた。前方を阻《はば》まれることなく、この膠着《こうちゃく》状態を破り自軍《じぐん》のために先取点を奪《うば》いたかった。青い影の動きに対して反射的《はんしゃてき》に右足を大きく振《ふ》りあげると、その反動《はんどう》で思い切りボールを一蹴《いっしゅう》した。激しい痛みとともに、土と雪が宙《ちゅう》に浮いてボールの飛跡《ひせき》を描《えが》くのを知った。ボールはゴール前を平行に飛び、キーパーの指先をかすめて、第三の青い影にぶっつかり、一閃《いっせん》すると鋭角《えいかく》的にゴールネットに深々《ふかぶか》とつきささった。

「ピピーッ！」

ゴールインの笛が鳴り続けるのを聞きながら、全てが予想《よそう》通りであったことに計《はか》り知れない喜びを感じて両腕《うで》を大きく雪の空に拡げた。わがチームの一点先取であり、一一名の

歓喜《かんき》の心が目に見えない糸でつながれているのをひしひしと感じとっていた。そして、もう一つ私には別の糸がつながって喜びに揺《ゆ》れていた。ほら、あそこで妻《つま》が私のプレーを応援《おうえん》してくれているではないか。妻はこの寒い高台《たかだい》の一隅《いちぐう》で震《ふる》えながら、このゲームを観戦《かんせん》しているのだ。私は彼女に軽く手をふって、再びボールに向った。さあがんばって走ろう。この寒さを蹴《け》っ飛ばそう。

大学を卒業して母校に奉職《ほうしょく》したとき、私は二五歳になるまで思い切りやりたいことをやろうと決めた。その情熱《じょうねつ》はサッカーという無限《むげん》の魅力《みりょく》を秘《ひ》めたスポーツの中に凝縮《ぎょうしゅく》され、しかもそのほとばしりは、いつも校内ロードレースで花開いた。昨年の耐寒《たいかん》マラソンで私は生徒たちと力走し、はからずも一位になってしまった。私はこの日のことを一生涯《しょうがい》忘れぬに違いない。そして、この日を契機《けいき》に私は結婚《けっこん》しようと心に決めた。

そして将来《しょうらい》持つべきであろう平和で明るい家庭を夢みていた。

ある日ドシャ降りの雨の中、私はサッカーをして泥《どろ》んこになっていた。それを一人の女性が遠くから赤い傘《かさ》をさして、じっと見つめていた。ゲームが終ってドロドロのユニホームを彼女が持って帰った。翌々日、きれいに乾いて折りたたまれたユニホームが紙袋《かみぶくろ》に入れられて、私の手元に届いた。

これが、私たちの出会いであった。二人の意気が投合《とうごう》してからもいろいろな障壁《しょうへき》や中傷《ちゅうしょう》、頑強《がんきょう》な反対の声もあった。だが私は自分の青春に正直《しょうじき》でありたかった。この女性を将来の伴侶《はんりょ》にしようと決めた以上、がんばって反対者たちを説得《せっとく》し、自分の動かぬ意志を理解してもらうべく努力を続けた。

彼女も私との出会いを感謝《かんしゃ》し、共に歩むことを熱望《ねつぼう》し、二人で新しい生活の設計《せっけい》を押し進めていった。知り合ってから結婚までの過程《かてい》は辛《つら》く苦しいものであったが、長い期間ではなかった。反対していた人たちも二人の気持ちを十分納得《なっとく》してくれると、その後はトントン拍子《びょうし》に話が進んだ。

私のスピーディなプロポーズを見てとって、ある人はこう言った。

「足が早いだけでなく、手も早いのですね」

だが、そんなことを言われても、ちっとも腹《はら》は立たず、むしろ愉快《ゆかい》であった。私は二カ月足らずのうちに結婚にまでこぎつけることになった。

私たちは高松市郊外《こうがい》の、安アパートで新所帯《しょたい》をもつことになった。彼女のタンスや荷物《にもつ》を運んでやっている途中、バサッと一冊の雑誌《ざっし》が落ちた。それは『サッカーマガジン』であった。「これは、いったいどうしたの?」と聞くと、彼女は頬《ほほ》を赤らめながら答えた。

「わたし、あなたのしているサッカーが一体どんなものか知りたくて、自分で買って読んでいたのです」

式は村の公民館《こうみんかん》でおこなわれたが、梅雨《つゆ》の晴れ間をぬっての暑い日であった。高校時代からの親友たちが心からの歓《よろこ》びを述べてくれた。披露宴《ひろうえん》では、新郎の私も式服《しきふく》のままで彼らと共に歌い踊《おど》った。

のっぽの友人が言った。

「新郎は足が短いので、私が肩車《かたぐるま》をします」

私は彼の背中にまたがって彼らと共に、高校時代の愛唱歌《あいしょうか》「ここは讃岐《さぬき》か」を大合唱《だいがっしょう》した。肩車のままで一段と高いところから、正面の赤い座布団《ざぶとん》の上にちょこんと座っている妻の方を見ると、彼女はにこやかに微笑《びしょう》を送ってくれた。私は嬉《うれ》しさが、まぶたの裏を濡《ぬ》らしているのを感じて、うまく歌い続けることができないでいた。


二人で登る夏の伯耆大山《ほうきだいせん》はさわやかであった。早朝の冷気《れいき》が漂《ただよ》う急な石段を登っていくと、ここで『暗夜行路《あんやこうろ》』を書いたという志賀直哉《しがなおや》の宿坊《しゅくぼう》がひなびた形で残っている。時任《ときとう》謙作《けんさく》が直子《なおこ》を愛したように、私はこうして「恵子《けいこ》」とともに将来を誓《ちか》いながら一つの道を歩んでいる。登山道は石ころばかりの悪路だが、心と足は軽く、背中のリュックに入れた二人分の弁当が快く肩《かた》に触《ふ》れる。ブナのうっそうと繁《しげ》る森林の中に入る頃、次第《しだい》に登りは険《けわ》しくなり、熱く激しい呼吸《こきゅう》を朝もやの冷気と青葉《あおば》の光でなだめながら歩を進めた。妻は神妙《しんみょう》な面持《おもも》ちで私のあとからついてくるが、はじめての大きな山登りなのでいささか疲《つか》れたのか顔を上げて私に言った。

「頂上《ちょうじょう》、もうすぐかしら？」

「馬鹿《ばか》言え。ここはまだ二合目だ」

ああ、先が思いやられるわいと嘆《なげ》きつつも、大学時代の山岳行《さんがくこう》でヘドの出そうな苦しい特訓《とっくん》を体験《たいけん》した私にとっては、この愛らしい無邪気《むじゃき》なお荷物は適当《てきとう》なブレーキであると考えてみればむしろ軽快《けいかい》な山登りを楽しむことができるのだった。急な登りでは手をひいてやったり、あと押しをしてやったりして、ひと登りするたびにブナの根っこに腰《こし》をおろして汗をぬぐい、一陣《いちじん》の風に身体をくつろがせながら、木々のさわやかな緑に堪能《たんのう》した。とかく、こんな調子《ちょうし》で時間のかかる登山ではある。六合目あたりを過ぎて、ブナの林から天《てん》然記念物《ねんきねんぶつ》のダイセンキャラボクの低い樹林《じゅりん》に植物相《そう》が変ると、眺望《ちょうぼう》が大きく広がり日本海と宍道湖《しんじこ》が一つにつながり、米子《よなご》の街がかすんで見える。妻の足どりも軽快《けいかい》になって、広々としたお花畑を駆《か》けるようにして頂上へ急いだ。

「まあ、きれい！」

かん高い声が澄《す》んだ山の空気を震《ふる》わせた。二人で一七二九メートルの山頂《さんちょう》から、出雲大《いずもたい》社《しゃ》の方角に向って手を合わし〝縁結《えんむす》び〟の神に感謝《かんしゃ》した。じっと目を閉じたまま立っていると風の音も、日の光も、雲の行方も神々《かみがみ》のもつ荘厳《そうごん》さの中で覚えられて、しばし敬虔《けいけん》の念にひたっていた。

年が明けて、またロードレースの日がやってきた。私は複雑《ふくざつ》な心境《しんきょう》でこの日を迎えた。昨年のレースでは優勝《ゆうしょう》し、結婚を決意したのだが、さて念願《ねんがん》の結婚後ちょうど七ヵ月をたった現在、今度はどんな心構えでレースにのぞめばいいのか？　昨年は毎日のように山道を走って鍛《きた》えに鍛《きた》え抜いた。だが、今年は多くの授業時間をもち、クラブ活動とそれに加えて、家庭生活《かていせいかつ》との三本立てで思うようにトレーニングの時間はとれなかった。それでも自分の脚力《きゃくりょく》が衰《おとろ》えていると思いたくもなかった。昨年の優勝者が何でビリになどなれるものか。とにかくマイペースで走れば、五位以内にはいれるだろう。昨年とは逆回《ぎゃくまわ》りになっているコースを、レースの前日までに二回走ったきりでその日にのぞんだ。

朝になって妻が食事の用意を済《す》ませて、私を起こしに来て言った。

「さあ、はやく起きてくださいな。今日はマラソン大会でしょ。私、今日はあなたの応援《おうえん》にいこうかしら？　一度、あなたの走るのを見たいわ」

「いやあ、もうビリになると恥《は》ずかしいから来るな、来るな。蔭《かげ》ながら応援《おうえん》してくれ」

「じゃあ、がんばってね。でも、無理《むり》しないでね」

私は妻の激励《げきれい》の言葉を背中で受けて「うん」と軽く返事をしてアパートを出た。学校では午前中は平常通り授業がおこなわれたが、私はレース直前になっても昨年のような異常《いじょう》なまでの緊張《きんちょう》を感じることはなかった。着替《きが》えも至極《しごく》のんびりしたもので、両足に消炎《しょうえん》剤《ざい》をゴシゴシとすり込んで、さあてぼちぼち出かけるかとばかりゆったりと運動場に出た。半そでとショートパンツは昨年と同じ出立《いでた》ちであったが、スタートラインに並んでも気はやらなかった。ブルブルと寒さに震《ふる》えながらスタートを待った。号砲《ごうほう》が雪花《ゆきばな》のまじる寒《さむ》空《ぞら》に響《ひび》いた。一団となって四五〇名の若さが飛び出した。私は若人たちの爆発的《ばくはつてき》なエネルギーに圧倒《あっとう》されて、道路に押し出された。や、速い速い。先頭集団《せんとうしゅうだん》はかなり前方を、韋《い》駄天《だてん》のごとくつっ走っている。負けてならじとピッチをあげると、国道にかかる陸橋《りっきょう》を渡るところで第二集団のトップに立った。しかし、前方を行く三名の集団ははるか向うにあった。得意《とくい》の坂道になっても余りスピードは上がらなかった。それだけに少しも苦しくなかった。あとにも先にも自分一人しかいないような気持ちで走り続けた。この坂道をのぼりながら、昨年の秋ここで起ったことなどを想い出しながらフッと笑いがこぼれた。

昨年は週二五時間もの授業で、私は激《はげ》しい声帯《せいたい》の疲労《ひろう》を覚えて、毎日病院通いしながらの労働《ろうどう》であった。とにかくしゃべり過ぎであった。労働過重《かじゅう》であり、医師も「とにかく、授業が多すぎます。それ以外の何ものでもありません」と断定《だんてい》した。しかし、私は働けど働けど楽にならざるわが手を、じっと見つめた。チョークの粉でカサカサに荒れた指を見ながら教師とは何とまあけったいな仕事やろかと阿呆《あほ》らしくなったりもした。だが、しゃべらないわけにはいかない。しかし、余りしゃべらなければ声帯《せいたい》も酷使《こくし》されずに済むだろう。そこで一計を案じて少しでもしゃべらなくてもいいように生徒たちをこの山道に引き連れて野外実習《やがいじっしゅう》としゃれ込んだのである。晩秋《ばんしゅう》のやわらかな陽ざしを浴びながら、植物学の妙《みょう》ちきりんな講義《こうぎ》がはじまった。

「皆んな、この植物の葉っぱを匂《にお》ってみたまえ」

「ひゃー。くさい、先生何ですか、これは?」

「つまり、くさいからクサギという」

「そんな、阿呆《あほ》なァ」

「エー、諸君《しょくん》、今度はこのツル草を嗅《か》いでみたまえ」

「ひゃー。くさい。くさい。こいつはもっとくさいですよ。何ですか?」

「うん、つまりこれはおならや大便《だいべん》のようにもっとくさいから、ヘクソカズラという」

「そりゃまあ、何ちゅうこっちゃ。ほんまですか。先生」

とにかく、うす暗い教室での退屈《たいくつ》な授業から解放《かいほう》された彼らは、もう嬉《うれ》しくてたまらないようにはしゃいでいた。

「えー、諸君この木を見たまえ。こんな砂地《すなじ》の荒れた所に青々と繁《しげ》っている。つまり、これは根に放線菌《ほうせんきん》というのが共生《きょうせい》していて、空中の窒素《ちっそ》を固定《こてい》するのです」

「先生、ところでそれは何というんですか」

「つまり、こういうハゲ山にでも青々と生えているから、ハゲシバリと……」

私が全部言い終らぬうちに、ドッと爆笑《ばくしょう》が湧《わ》いて、木々の緑が揺《ゆ》れた。

冬となり、緑を失った木々の間を走りぬけた。小雪を混《ま》じえた風は相変らず冷たいが、身体中の汗腺《かんせん》が一度に開いたように熱い汗が流れ出し、顔を上気《じょうき》させ、眼鏡《めがね》をくもらせ、すべらせる。ゴホンとセキをすると、痛んだ声帯《せいたい》がゼエゼエとうなって苦しく咽喉《のど》をしめつける。口の奥で熱く湿った水蒸気《すいじょうき》が鼻汁《はなじる》と溶《と》け合った。私は軍手のままで、ズンと鼻汁を吹き飛ばして、前方の三人を見やった。彼らとの距離《きょり》はたいして開きもしないし、かと言ってせばまりもしない。私もあえて彼らを追おうとはせず、足をそのなすがままに回転《かいてん》させていた。頂上の石切場に到《いた》ると、急に空気が希薄《きはく》になったのか、耳の底がピーンとうなった。そこで立ち番をしている生徒たちが四本指を出して、

「先生、四番、四番」「ファイト、ファイト」とどなる。私も負けずに四本の指をかざして「ファイト！」としわがれ声をあげた。ピリッと声帯《せいたい》の痛みを感じると同時に、急に下り坂へと歩は転じた。転げ落ちるようにして、石ころの多い急坂《きゅうはん》を下った。何とまあ、この下りは厳《きび》しいことか！　前方の三人はカモシカのようにきゃしゃで長い足を駆使《くし》して、まるで羽根がはえて飛ぶようにはるかに遠のいていく。私のスピードが落ちたのか、それとも追いかけて来る者の足が長いのか、私は後方の集団に肩《かた》すり合わすまでに追いつかれた。彼らは「先生！」と声をかけた。私は「うん」と答えたが、彼らのその声の裏には「先生、追い抜きますよ」という挑戦《ちょうせん》が感じられた。だが、ここで負けたくはなかった。少年時代には走ることもできなかったこの足が、こうして若者《わかもの》と戦っているのだ。足の裏と石ころとが激しくぶつかり合って、その衝撃《しょうげき》で足の裏のすじが引きつるのを感じた。「痛い！」だが負けるな。ここが勝負《しょうぶ》どころだ。気力《きりょく》をふりしぼってピッチを上げた。後方の集団の足音が次第に遠ざかっていくのを知って、ホッと胸をなでおろしながら、平坦《へいたん》なアスファルトの道路に走り出た。沿道《えんどう》には大勢《おおぜい》の先生方や生徒たちがずらりと並んで、声援《せいえん》を送ってくれている。

「先生、がんばってェ」

「木村君、めげとらんぞ。はやい。はやい」

かなり多くのお世辞《せじ》を感じながらも、悪い気はしないでさっそうと胸をはって気楽《きらく》に走り続けた。もう、後方の集団には頓着《とんちゃく》しなくていいようだ。だが、前方の三人にはもはや追いつけないと観念《かんねん》していた。なぜなら、私自身こうして走っていても、ちっとも苦しくないからだ。

先頭を行く三人の若者たちは厳《きび》しく彼らの青春《せいしゅん》と戦っている。諸君《しょくん》、大いにがんばってくれたまえ。それは残酷《ざんこく》なまでの苦しさかも知れない。だが今、君たちが得ようと努力《どりょく》しているものは計《はか》り知れない大きな価値《かち》のものなのだ。私がかってそうであったように、君たちのそのゴールへのひたむきな闘志《とうし》がいつかは人生を決定することがあるだろう。悔《く》いないレースを遂行《すいこう》してくれたまえ。私は抜きもせず抜かれもせず、多くの声援《せいえん》に囲《かこ》まれて大きく手をふって、にこやかにゴールインした。それでよかった。涙の出るような感激《かんげき》はもはやそこにはなかったが、何となくほのぼのと胸の底から湧《わ》いてくる幸せをそこはかとなく感じていた。

自分が四位になったことの喜びよりも、我がクラスが優勝《ゆうしょう》したことが何よりも嬉《うれ》しいことであった。今まで四回もクラスを受け持って、一度としてクラスマッチで優勝したことはなかった。一度でもいいから、私も参加することで優勝の体験《たいけん》をしてみたいものと、長い間念願《ねんがん》していた。自分個人の優勝はもはやどうでもよい、集団全体としての喜びをつかみたかったのだ。私は、この男子ばかりの元気なクラスに期待《きたい》をかけた。夏のクラスマッチでは、私自身バレーボール大会にも参加し、いささかの活躍《かつやく》をして優勝にまでこぎつけた。

私はクラスでサッカーボールを買うことを勧《すす》めて、昼の休み時間にはいつもそれを持ち出して生徒たちとグラウンドでいっしょになってゲームを楽しんだ。サッカーのとりこになってしまったわがクラスは、もはや走り続けることにかけては困難《こんなん》を感じることはなくなった。私は彼らの足を信じて、レース前のホームルームでひとこと言った。

「私もいっしょに走るから、君たちもがんばって完走《かんそう》してください」

クラス全体の気運《きうん》が高まって、全員が完走し、しかも各自が好成績を残して堂々の首位《しゅい》になった。クラス担任をして、初めての喜びであった。更《さら》に、その勢いで三学期のサッカーのクラスマッチでも優勝をと、ファイトを燃やしている「野郎組《やろうぐみ》」なのである。

夕闇《やみ》迫る頃、私はコートの衿《えり》を立てて家路《いえじ》についた。妻は夕げの仕度《したく》にかかっていた。

「お帰りなさい。今日はどうだったの」

「うん。四位だった」

妻は何度も何度もコックリをして、

「まあ、本当。ホントお？」と大きな目をパチリと開いて、大感激《かんげき》の様子《ようす》。

「やっぱり、私応援《おうえん》にいってあなたの走るの見たかったわ。来年のレースには、私赤ちゃんおんぶして応援《おうえん》にいこうかしら？」

私は、それに答えて、

「僕が赤ん坊をおんぶして、ロードを走ってやろうか」

二人は顔を見合わせて笑った。いや、二人ではない。妻のおなかの中でスクスクと育ちつつあるベイビーを入れて、二・五人の笑いであった。生まれてくる子供が男なら、私より足が長くなるように、女であれば妻のようにまつげの長い子であるようにと願いつつ、私は微笑《ほほえ》みながら妻の立ててくれた熱《あつ》いお茶を飲んだ。ロードレースの快《こころよ》い疲労《ひろう》が口の中に溶《と》けて、ひとときの幸せを感じていた。


「人間やってできることと、それでもやはりできないことがある。

その区別《くべつ》さえ誤まらなければ必ずできるのだ」

4 間違《まちが》われの記

生徒から……

教師《きょうし》になりたての頃の私は、年がら年じゅう生徒と間違《まちが》われ通しで困惑《こんわく》ばかりしていた。身体の小さいことと、童顔《どうがん》であることからそれもしかたなかったが、場合によってみじめな気分にさせられることも多かったのだ。

新卒で高松高に奉職《ほうしょく》したばかりの私はバドミントンに興味を持ちはじめていたが、ラケットなど持っていなかったので生徒会室《せいとかいしつ》へ借りに出かけた。

「ラケット貸してください」

「生徒手帳は?」

「持っていません」

「では、貸せません」

「どうしてもですか?」

「はい、生徒手帳を提出《ていしゅつ》してもらわないと、返さない人がいるのです」

私は、みじめな気持ちで生徒会室を出た。あとで私を教師だと気づいた役員《やくいん》たちが五、六本もラケットを持って追っかけて来た。

あとでこの話を生徒指導《しどう》部長にお話すると大笑いして、早速《さっそく》私のために生徒手帳を作ってくださった。しばらくの間はこの生徒手帳を携帯《けいたい》して歩いたものだ。これを親《した》しい生徒たちにこっそり見せてやると皆笑い転げたのには閉口《へいこう》したし、さらにはこのことがちょっとした話題になって、ある新聞の教育欄《らん》に「生徒急増《きゅうぞう》期《き》特集《とくしゅう》」として記事にまでなった。

「某《ぼう》高校では、若い先生も増えて生徒も教

師も見分けがつかず、ある新卒《しんそつ》の先生はラケットを借りにいって生徒手帳を出せとすごまれたとか……」

卒業生から……

生徒から間違《まちが》われるくらいだから、他の人たちからもよく間違われた。職員便所《しょくいんべんじょ》に入って小用《しょうよう》をしていると、用務員《ようむいん》さんにしかられた。

「生徒はこの便所に入ったらいかん！」

便器を前にして、ギロリとにらまれた時は、とても怖《こわ》かったなあ。ちぢんでしまった。

学校へ時たま出入りする卒業生《そつぎょうせい》たちには、ことのほか間違われた。

夏休み、私はサッカーの練習《れんしゅう》を終えてプールで心地《ここち》良く泳いでいた。そこへ、大学へいっている水泳部《すいえいぶ》のＯＢがやって来た。そして、プールサイドから一人きりで泳いでいる私を見つけて、どなった。

「そこで泳いどるのは水泳部かぁー」

「いいえ、違《ちが》います」

「そしたら、泳ぐのやめェ」

「は？」

「これから、水泳部が練習するから、やめェちゅうとんじゃ！」

「え？」

「泳ぐのやめェちゅうんがわからんのか？」

「しかし、今泳ぎはじめたばっかりだし」

「くそっ、めんどいやっちゃの、そしたら、水泳部の邪魔《じゃま》にならんよーにここだけで泳げ」

と、彼は一坪《ひとつぼ》ほどの区画《くかく》を決めた。そこだけで、立ち泳ぎするわけにもいかず、馬鹿《ばか》らしいので私は水からあがった。そして、シャワーを浴《あ》び着替えをしていた。そこへ現役《げんえき》の水泳部員たちがやって来て私に言った。

「先生、もう泳ぐのやめたんですか？」

「うん、あそこで睨《にら》んどるのがおるじゃろ。〝泳ぐな〟いうてしかられたんじゃ」

しばらくして、くだんのＯＢがあとを追っかけて走って来て、何度も何度も「泳いでください。泳いでください」と懇願《こんがん》したが、今さら泳げるか！


野球をするのは好きではないが見るのは大好きで、特に高松高校のゲームときたら、甲子園への期待を抱《いだ》きながらほとんどといっていいくらい観戦《かんせん》にいっている。

私が就職《しゅうしょく》した年は、高松高も強く、県決勝では奇蹟《きせき》の大逆転をし、北四国大会まで駒《こま》を進めたが、今治南高《いまばりみなみ》に無念《むねん》の惜敗《せきはい》を喫《きっ》したのは記憶《おく》に生々《なまなま》しい。そんなわけだから、声援《せいえん》にも熱が入り、連日フィーバー、フィーバーで、応援《おうえん》にかけつける生徒数も多かった。まさしく球場も割れんばかりであった。もちろん応援部《おうえん》も大所帯《おおじょたい》で迫力《はくりょく》があった。数人の女子部員たちがかいがいしく、氷のカチ割りなど作って生徒たちに配ってくれたりもしていた。灼熱《しゃくねつ》の炎天下《えんてんか》の応援《おうえん》だけに冷たいカチ割りサービスはありがたいものであった。ところがある日、氷のカチ割りは私の横を素通《すどお》りして、うしろの方へ配られてしまった。汗びっしょりで、のどをカラカラにしての応援《おうえん》だっただけに、私はカチ割りが欲しくてたまらなかった。そこで、おもむろに応援部《おうえん》の人たちの背中《せなか》をチョンチョンとつついて「カチ割りくれないか」と言った。

すると、一人のＯＢがキッとふり向いて、どなった。

「あほう、味方《みかた》のピンチの時に何がカチ割りじゃ。お前の頭をカチ割るぞ！」

「おお怖《こ》わー」

私は、首をすっ込めて、のどの乾《かわ》きを必死《ひっし》でがまんしながら、汗タラタラの応援《おうえん》を続けていた。

このあと、現役《げんえき》たちがそのＯＢに「あの人は先生ですよ」と言っておいたらしい。数週間後、喫茶店《きっさてん》でコーヒーを飲んでいると奥の席にいた見覚えのあるカチ割り青年が、私を見てとってツカツカやって来た。そして、私の前にキリッと立ち、深々《ふかぶか》とおじぎをした。

「先日は、失礼しましたっ！」

さすがは、応援《おうえん》団のＯＢだけのことはある。私は彼の礼儀《れいぎ》正しさに当惑《とうわく》して「いいんですよ。いいんですよ」と手でさえぎりながら、彼の顔をまじまじと見てびっくりした。それは、何と正真正銘《しょうしんしょうめい》の同期生《どうきせい》であったのだ。彼も、私を同期生の木村であると見てとって驚愕《きょうがく》した。そのあといっしょに話しながら彼は、私にまぎらわしいから、ヒゲでも生やせと忠告してくれた。早速、家に帰って黒い紙をいくつかのタイプのヒゲの形にハサミで切って、鼻の下や口の周《まわ》りにくっつけてみたが、どれもサマにならない。自分で鏡《かがみ》を見ただけで吹き出すのだ。生徒たちがヒゲを生やした私を見てどう思うだろう。笑い転《ころ》げて授業にならないのではないか。この計画は即刻《そっこく》やめにした。


先生方から……


同僚《どうりょう》の先生からでも、間違《まちが》われたのだから嫌になってしまった。このことには、あとで対策を講《こう》じたものだ。恒例《こうれい》の冬のマラソン大会。

はじめて、生徒たちに混《ま》じってマラソン大会に参加した私は、それでもかなり速いピッチで走ることができて、一〇位前後を争っていたのだ。とても苦しい闘《たたか》いだったがとにかく一〇位には食い込みたいと思っていた。ところがゴール近くなって、私のすぐあとに陸《りく》上部《じょうぶ》の名スプリンターであったT君が追走《ついそう》してきた。短距離《きょり》の選手ではあるが、彼は長距《きょ》離《り》でもスピードを伸ばしてきた。スマートな身体に、長い足、そして軽やかな走法《そうほう》。彼のピッチはぐいぐいとせまってくる。二人が肩《かた》を並べて、校門への一直線にさしかかる頃、彼のクラスの女の先生が、二人のラストスパートを見てとって、大声で叫んだ。

「Tさん、そのちっちゃい子を抜きなさい。抜けば一〇位よッ！」

その言葉を聞いたちっちゃい子は力いっぱい、手をふり、足を運んだ。「負けてたまるか！陸上部に」、猛烈《もうれつ》な執念《しゅうねん》と闘志《とうし》がわいていた。

私は、はじめて一〇位入賞を獲得《かくとく》し、その後の本校でおこなわれた全てのマラソン大会、ロードレースに参加することになるのだが、同僚《どうりょう》の先生方からも生徒が走っていると思われるのも癪《しゃく》だったのでグリーンのシャツと青いサッカーパンツで走り続けることになるのだ。それが木村選手のトレードマークになってしまい、他の選手たちの恰好《かっこう》の目標《もくひょう》にされてしまった。色々なレースがあったが、心臓《しんぞう》破りの山道で白いユニホームの生徒たちの群の列の中を、グリーンのシャツが白い雲の中をキーンと飛びいくジェット機のように抜き去っていったと表現《ひょうげん》してくれた先生がいた。一時は、その走法《そうほう》とスピードから「ジェット走法」と呼ばれたこともあった。だが、今の私にはもうそのスピードは望むべくもない。

それは、私の今までの人生の中でたった一度の、しかも涙が出てとまらない感激《かんげき》であった。もし、タイムマシンに乗って自分の過去《かこ》に一度だけ帰れるとしたら、私は即座《そくざ》にその時に帰るだろう。あの歓呼《かんこ》に囲まれてテープを切る瞬間《しゅんかん》に。求め続けていた青春がほとばしるその一瞬《いっしゅん》に。

校外で……


同じ校内にいていつも顔をあわせていても間違《まちが》われるのだから、校外に出たらもう駄目《だめ》。

生徒たちが私の所へ自転車でたずねて来て町の人に道を聞く。

「高松高校の木村先生のところへはどういけばいいですか」

「高松高の木村先生ねェ？　高松高へいっとる木村さんいうたら、ひとっさんやろけど、あの人、先生なの？　あの人、まだ生徒でしょうが」

生徒たちがわが家へやって来て、私の顔を見るや否《いな》や、

「ひとっさん、生徒でしょうが」と大笑い。私もいっしょに大笑い。

夏休みは家庭訪問《かていほうもん》に出かける。

その折《おり》の出立《いでた》ちは、野球帽に、白いTシャツ、黒ズボンと決まっていた。この調子《ちょうし》で各家庭を訪問すると、どうなるか？　すぐに教え子が出てくれば問題はない。母親が出てく

ると多くはＰＴＡで面識《めんしき》がある。ところが、自営業《じえいぎょう》では父親が家にいることがある。

「ごめんください。高松高の木村ですが、○○君いますでしょうか？」

父親は、チラッと私を一瞥《いちべつ》して、奥の方へ叫ぶ。

「おーい、○○夫、友だちが遊びに来たぞー」

その後の父親の平身低頭《へいしんていとう》ぶりは気の毒《どく》なほどでもあった。


母親とはＰＴＡで面識《めんしき》があるはずだが、場合によっては十分でないこともある。特に、薄暗《うすぐら》くなった夕方など訪問《ほうもん》すると、もうサッパリ。

「ごめんください。高松高校の木村ですが、□□君いますでしょうか？」

台所で夕食準備中の母親が出て来て、ソッケない返事《へんじ》、

「ああ、□□郎？　いま買物に出かけてるから、もうちょっとしたら帰ってくるわ。そこでちょっと待っといてね」

私は「あ！」と言ったきり、薄暗い玄関《げんかん》で蚊《か》にさされながら手や足を叩《たた》きつつ立っている。かなり長い時間がすぎて、ガラリと戸が開いて、□□君が帰ってくる。

「あ、先生、こんなところで何しとるんですか？」

「お母さんが、ここで待っとれ言うたんよ」

「え、何で？　またァ」

彼はあわてて母親を呼びにいく。その後の母親の平身低頭《へいしんていとう》ぶりも気の毒《どく》なほどであった。

他校で……

自分の学校の関係者《かんけいしゃ》の間でも間違《まちが》われているのだから、他校ではもう無茶苦茶《むちゃくちゃ》である。サッカー部や野球部はすぐ近くにある工芸高校側の第二グラウンドで練習している。特に、サッカー部は工芸高校の校舎寄りで練習《れんしゅう》するのでなおさらである。

私が一生懸命《いっしょうけんめい》サッカーボールを追って走っていると、工芸校舎の三階から声が聞こえる。

「おい、あの青いパンツはいて走っとるの高松高校の先生だろうが」

「あほ言え、あれは生徒に決まっとるが」

「いや、あれは高松高の先生やと聞いとる」

「そんなはずないやろが」

「いいや、高松高の友だちから先生やと聞いたぞ」

「そんなら、ひとつ呼んでみようか」

「うん、呼んでみよう」

「せんせ、せんせ……せんせい」

と小さな声が次第に大きくなって、しかもリズミカルに執拗《しつよう》に繰《く》り返される。私はその気配《けはい》を感じながらも、知らんぷりして無視《むし》していたが、かなり長い間、

「せんせ、せんせ、……せんせい」

と呼び続ける。ついうるさく感じて、私は上の方をチラリと見やって「うるさいぞ！」と叫んだ。すると彼らは、声をそろえて、当時流行っていた森昌子《もりまさこ》の歌の節で、

「せんせい、せんせい、それはせんーせーい」

と歌い続けた。もう、かなわんなー。


また後日《ごじつ》のこと。たった一人で熱中してボールを蹴《け》っていた。グラウンド側には工芸高校の食堂があるのだ。食堂の窓《まど》が開いて、おばさんたちが呼んでいる。

「ぼくー。ぼくー」

私は、自分一人しかいないので、呼ばれかたに不満《ふまん》を感じながらも「ハーイ」と返事をした。すると、おばさんたちが、

「ぼく、おウドン余《あま》っとるの食べん？」

と話しかけて来た。私は長い練習で腹もへっていたので一杯頂《いただ》くことにした。おばさん

が差し出してくれた湯気《ゆげ》の立つウドンをすすりながら、おばさんたちに言った。

「おばさんたち、いくら何でも人を呼ぶのに、〝ぼくー〟はないですよ。僕はこう見えても、子供もいるのですよ」

三〇代に入ってすでに二人の娘がいた私はこう答えると、取り囲んでいたおばさんたちはドッと沸《わ》いて、腹をかかえて笑いつつ声を揃《そろ》えて言った。

「あんたは、ほんまに冗談《じょうだん》の好きな子じゃのおー」

もう何をかいわんやである。私は正真正銘《しょうしんしょうめい》の高松高校の教師であることを、工芸高校の同期の教師に証明《しょうめい》してもらったのは数日後のこと。最近では、おばさんたちが私を見てとると必ず声をかけてくれる。

「先生、せんせ。おウドン食べまい」

食堂のおばさんたちに間違《まちが》われる位だから、教師からも間違われる。三年生を担任《たんにん》していた年、二月になると生徒たちは自宅学習《じたくがくしゅう》に入って授業が少なくなる。三年担任の最も嬉《うれ》しい時である。その日は、ほとんど授業の無い日だったので、一通りの仕事を終えて早目に練習に出かけた。部員たちが出て来るまで一人で一生懸命《いっしょうけんめい》ボールを蹴《け》り続けていた。そこへ通りかかった工芸高校の体育科の先生が私を見とがめてきつい口調で尋《たず》ねた。

「君は、授業は無いのかね？」

私はその厳《きび》しい語調《ごちょう》にとまどいながらも返事した。

「はあ、私は三年生ですから（三年担任の意）、もう授業は無いんです」

「そうか、じゃあ、君は体育系の大学を受けるとて練習しとるのか？」

私はキョトンとして「はあ？」と言った。彼は「じゃあ、しっかりがんばれよ」と捨《す》てぜりふを残して立ち去った。そのあと私は何となくみじめな気持ちでボールを転《ころ》がしていた。

わが校へ帰って体育科の先生方にこの話をすると皆が面白がって、きっとその人物はK先生に違いないと言った。体育科主任が、「今度K君に会ったら、君のこと生徒と間違《まちが》えるなと言っとこう」ということになった。

ある日、K先生に会った彼はこんなことを言ったらしい。

「君、この間うちの生徒に注意《ちゅうい》してくれたらしいな」

「ああ、あのサッカーの好きな生徒のことですか？」

「うん、あいつじゃが、サッカー狂《ぐる》いでの、しっかり勉強したら頭もいいし東大間違《まちが》いなしの生徒じゃが、何しろサッカーの先生になりたいと言うて、体育系の大学を目指しとる。ところが、あいつ好きなサッカーでさえあの程度《ていど》じゃし、他のスポーツ種目《しゅもく》ときたらサッパリで、まして足が遅《おそ》いときとる。君は陸上の専門《せんもん》じゃし、今度あいつに会ったらランニングのコツでも教えてやっといてくれ」

「かしこまりました」

という算段《さんだん》になったらしい。

後日、私は相変らずサッカーを部員たちといっしょに練習している。工芸グラウンドからその姿を見てとったK先生、先日の話を聞いてるものだから私にランニングのアドバイスをしてやろうとして、練習中の陸上部員たちに言った。

「ちょっと、あそこの生徒に話すことがあるからいってくる」

「いったい、誰にですか?」

「ほら、あそこの青いパンツはいて走っとる生徒じゃが」

「え、あれは先生とちがいますか?」

「いや、あれは高松高校の三年生で、体育系《たいいくけい》の大学目指しとるのよ」

「いやあ、あれは先生ですよ。サッカー部の先生ですよ」

「いいや、わしはあれは生徒じゃと聞いとる」

「いいえ、あの人は先生ですよ」

他の生徒たちも声を揃《そろ》えて強調《きょうちょう》するものだからK先生はビックリ!

「そりゃ、ほんまにほんまか？」

「ほんまにほんまです」

一瞬《いっしゅん》青ざめたK先生、他の大勢の生徒たちの確証《かくしょう》も得たあと韋駄天《いだてん》のごとくその駿足《しゅんそく》を生かして私のとこまで一目散《いちもくさん》に走って来た。そして直立不動《ちょくりつふどう》の姿勢から、帽子をとってペコリと直角に上半身を折ると強い口調《くちょう》で叫《さけ》んだ。

「先日は、失礼しましたっ！」

恐縮《きょうしゅく》したのは私の方で、照れくさいやら恥《はずか》しいやらで「いえ、いえ」というのが精《せい》いっぱいだった。聞くところによるとK先生は私より一歳年上だそうである。

この話は工芸高校ですっかり有名になってしまったらしく、彼が宴会《えんかい》の席で酩酊《めいてい》して酒の勢いでちょっといばったりすると、他の先生方がこういうのだと聞いた。

「そうそう、K先生あんたは偉いんじゃ。あんたは高松高校の先生をつかまえてお説教《せっきょう》する人じゃけにのー」


新入生から……

高校入試の折は、私はもっぱら問題や答案用紙《とうあんようし》を配ったり集めたりする助手《じょしゅ》であったため、多くの受験生《じゅけんせい》たちは私のことを大学生のアルバイトだと思っていたらしい。そのバイト学生が、新学期に生物の授業にやってくるのだから、その驚《おどろ》きもひとしおであったろう。

ある年の合格者《ごうかくしゃ》のオリエンテーションの時、まだ制服《せいふく》のそろわない中学生然《ぜん》とした連中が集まってくる。私はその時、高校生たちを相手に校庭でバドミントンに興《きょう》じていた。高松高校に合格が決まった中学生たちの何人かが休憩《きゅうけい》時間に私のプレーを見ていた。そのうちの目の丸いくりくりとした女の子が、私がスマッシュを決めるたびにパチパチと拍手《はくしゅ》をしてくれる。可愛い応援《おうえん》団がついた私は嬉《うれ》しくなって彼女に向かって話しかけた。

「応援《おうえん》してくれてありがとう。あなたを僕が教えるようになると点数を上げてあげるよ」と冗談《じょうだん》を言ったのだ。それを聞いて彼女もクックッと笑いながら立ち去った。そして、一週間後の入学式の翌日《よくじつ》、新入生たちがコチコチの緊張《きんちょう》のうちに新学期が始まった。私はある一年生のクラスのはじめての授業のドアを開けた。

「キャーッ！」という悲鳴《ひめい》。

一番前の席の女の子が口に両手をあてて青ざめている。

「どうしたの？」

私がその子を見ると、バドミントン「一人応援《おうえん》団」の女の子。彼女は目を見はって叫《さけ》んだ。

「ほんとうに、先生だったんですかあ？」

結局、そういういきさつもあって、彼女はよく色々な相談《そうだん》に来て、私もそれに乗ってあげた。そして彼女は現在、大学で「生き物」の研究をしている。人間同士の触《ふ》れ合いって不思議《ふしぎ》なものだ。こんなちっちゃなきっかけで私と同様に「生物学」の道を歩むなんて。

田んぼ道で……

新婚《しんこん》時代、妻も小学校に勤《つと》めていたので、高松市郊外《こうがい》の安アパートで住んでいた。休みの時、彼女に日直《にっちょく》があったりすると退屈《たいくつ》なので、小学校へ遊びにいった。彼女の教え子たちも私がサッカーをするというのを知っていて、一〇数人の小学三年生たちが校庭で待ち構《かま》えていた。そして、可愛《かわい》い彼らとボールを蹴《け》ってキャアキャア楽しみながら日が暮れるのであった。日直を終えた妻と私はいっしょに帰途《きと》についた。私は野球帽《やきゅうぼう》、Tシャツ、サッカーパンツ、運動靴《うんどうぐつ》というスタイルである。二人で相合傘《あいあいがさ》で夏の傾《かた》みゆく夕陽を浴《あ》びながら、田んぼ道を歩いていると、向うから自転車に乗った婦人《ふじん》がやって来る。キキーッとブレーキをかけて、自転車からおりると妻に何度も会釈《えしゃく》して、あいさつを交《か》わしている。妻の教え子の母親のようである。しばらく会話のあと、チラッと私を見やってこう言った。

「まあ、坊ちゃん、大きくなりましたわねェー」

新婚ホヤホヤの妻はびっくりして、うろたえた。「あ、あ、あのー。これは、あのうー」

妻の狼狽《ろうばい》ぶりを見てとった母親はハッと気づいて、真赤《まっか》になって、叫んだ。

「あ、どうも失礼しましたっ！」

彼女は、ペコペコお辞儀《じぎ》をしたあと、脱兎《だっと》のごとく自転車に飛び乗って、田んぼ道を走り去った。私と妻はお互いに気まずさを感じながらトボトボと夕陽の中を帰っていった。

5 自然こそわが師

自然がとりもつ縁

時は逆行《ぎゃっこう》して、大学時代へと戻ることにする。物語《ものがたり》は昭和三八年の夏に始まる。自然を愛して、自然に親しむ一人の青年がそこにいた。大学四年生でありながら、まわりからは一年生にしか見てもらえないが、毎度《まいど》のことであるからもう気にしていない。通称《つうしょう》「ぼうや」も卒業論文《そつぎょうろんぶん》を書かねばならない年頃になった。卒論テーマは「世界の海岸植物の研究」というつもりであったのが、「日本の」になり、「四国の」になり、そしてついには「瀬戸内海における海浜《かいひん》植物群落《ぐんらく》の研究」ということに落ち着いた。荒廃《こうはい》して行く瀬戸《せと》の植物を守ろうという趣旨《しゅし》で、調査《ちょうさ》を開始した。

瀬戸内海とひとくちに言ってもじつに広いのである。南北はせいぜい五キロから、広い所でも五〇キロ少々だが、東西は四四〇キロもある。そして、その中に点在《てんざい》する島々の数も、なんと七〇〇いくつもあろうというのだから、ひと夏やふた夏では回りきれないのである。そこで一計《いっけい》を案じ、まず金のかからぬ近い島から調査することにした。

私の住んでいる所は、四国島の最北端《さいほくたん》、香川県庵治村《あじ》である。日本は町村合併《ちょうそんがっぺい》の急速なる促進《そくしん》で、もはや村なるものは急速に減《へ》ってしまったが、ここ庵治《あじ》だけは秘境《ひきょう》、桃源境《とうげんきょう》「あじむら」としての孤《こ》を誇《ほこ》っている。西方眼前に屋島《やしま》をのぞみ、源平古戦場《げんぺいこせんじょう》の檀《だん》の浦《うら》を前衛《ぜんえい》として瀬戸の海は右手に大きく展開する。鬼ケ島《おに》が、名とは似ても似つかぬ優雅《ゆうが》な姿を長く横たえ、その隣にわずかの瀬戸を隔《へだ》てて男木島《おぎしま》が続く。さらに展望《てんぼう》を右手に移せば、大きくない大島・兜島《かぶと》・鎧島《よろい》・稲毛島《いなげ》・高島が点在的に村を取り巻く半円を形成して、村に外敵《がいてき》を一歩も入らせない城塞《じょうさい》となって静かに、重々しく瀬戸の急流《きゅうりゅう》に足を洗わせている。はるか源平《げんぺい》の鎧矢《よろいや》をしのぶことしきりである。これらの島々と瀬戸の海に拳《こぶし》をぐんと突き出したようになっている半島部が庵治村《あじ》のすべてであり、この半島のつけ根にあたる所に霊峰五剣山《れいほうごけんざん》を控《ひか》え、もはや村は完全に外界と孤立《こりつ》してしまっている。高松市とつながる道路は、石ころばかりの悪路《あくろ》で、グニャグニャと曲りくねって五剣山のふもとの峠《とうげ》をあえぎあえぎ登り下りしている。高松からバスで約五〇分の近さにありながら、観光客はこの村の良さを知らずに観光地「屋島《やしま》」だけ登って帰るのは惜《お》しいことである。

ところが、こんな不思議《ふしぎ》な村に目をつけた男が一人いた。その名を森繁久彌《もりしげひさや》と言い、「メイ・キッス」という名前の帆船《はんせん》の船長である。白い大きなヨットを庵治湾《あじわん》に浮かべて、しゅっちゅう私の家の下の浜辺《はまべ》でハンゴウ飯《めし》をたいていた、チョビひげのおっさんがそれである。そのうち彼は、村の有力者《ゆうりょくしゃ》にかけあって、兜島《かぶと》を買いたいと言い出した。村は、彼の金の力に動かされて、わが愛するこの島を惜《お》しげもなく売り払ってしまった。ここにわが屈辱《くつじょく》といきどおりの日々が始まったのである。

夏休みのはじめ、村は映画「エデンの海」の撮影隊《さつえいたい》で賑《にぎ》わい、しかもゴタゴタしていた。高橋英樹《たかはしひでき》の胸毛がどうの、和泉雅子《いずみまさこ》のおヒップがどうのとうるさい限りであった。雅子がアイスクリームをなめながら歩いていたとか、英樹がサングラスを海中に落として困っていたとか、つまらぬ情報《じょうほう》が乱れ飛んだ。ただでさえうるさくてしょうがないのに、おまけに森繁久彌なるおっさんが、「メイ・キッス」に乗って村にやって来た。島にバンガローを建《た》て、ハンモックを松の木に吊《つ》り下げ、モリシゲと背中《せなか》に大きく染め抜いたけばけばしい真赤なハッピを着て、パイプをくゆらせながら、悠々自適《ゆうゆうじてき》のバカンスを楽しみはじめた。

そんな喧騒《けんそう》の中で、私は今までに調査したデータを懸命《けんめい》に整理《せいり》していた。そこへ、悪友《あくゆう》が「いようー。びっくりしたヨ。イッサカホイ!」とわけの分からぬことを言いながら遊びに来た。こちらとしては遊ぶわけにもいかず、彼を連れて卒論《そつろん》研究のデータを集めに出かけることにした。愛用《あいよう》の伝馬船《てんまぶね》を漕《こ》いで海に出た。目指すは、まだデータの収集ができていない鎧《よろい》島と兜《かぶと》島である。ギイコギイコと力一杯櫓《ろ》を漕《こ》ぐが、速い潮に流されて舟は思うように進んでくれない。流れ流されしながら、舟は昼近くにやっと鎧島に着いた。まず、ここでハンゴウで昼メシをたいて罐詰《かんづめ》をあけて腹ごしらえをした。ジリジリと焼けついた灼熱《しゃくねつ》の砂の上で調査するのは非常につらく苦しい労働であった。学問とはかくも厳《きび》しく、かくも熱《あつ》いものなのか。汗を滝のごとくにしたたらせながら鎧島での植物調査を終えた。それでも汗で肌《はだ》がベトついているので、シャワーがわりにと、すぐさまシャツやズボンを脱《ぬ》ぎ捨て、再び舟に飛びのって、兜島に向う途中、海上では潮風《しおかぜ》が吹いて快適《かいてき》であった。素っ裸になってザンブとばかり海の中に飛び込んで泳ぎはじめた。相棒《あいぼう》に舟を漕《こ》がせて、私はそのあとをスイスイとついていった。ちょうどそこへ神戸―別府《べっぷ》航路《こうろ》の観光船が通りかかり、船客《せんきゃく》たちがデッキに立ち、鈴なりになってわれわれの珍妙《ちんみょう》な光景《こうけい》を見てヤンヤとはやしたて、笑うのである。私はそれでも羞恥《しゅうち》心をかなぐり捨てて、観光客たちに海の中から手をふって愛嬌《あいきょう》よろしく応《こた》えた。そんな馬鹿げたことをしているうちに、舟はようやく最終目的地兜島についた。

泳いでいるうちに乾《かわ》きあがったシャツやズボンを身につけて、舟を砂浜に漕《こ》ぎ寄せた。海辺ではキャンプの女学生たちがキャアキャア戯《たわむ》れていた。ザザッと小舟を浜辺につけ、サッと砂浜に飛び降りた。調査用具を手に持ち、愛用《あいよう》のカメラを首に下げ、ムギワラボウシをアミダにかぶり、下駄《げた》をつっかけ、揚子《ようじ》くわえて、ガニ股《また》でさっそうと降《お》り立ったところなんぞはティピカルな日本人的風来坊《ふうらいぼう》というべきにやあらん。小高い丘の上に建っている森繁《もりしげ》氏の青いバンガローの裏を通って島の頂上《ちょうじょう》へ出ようとする。ハンモックのそばに赤いパンツや白いフンドシが干してあって、松風《まつかぜ》になびいているのが、暑さを一層かき立てる。とりあえずバンガローの裏のあたりで巻尺《まきじゃく》をとり出し、方形区《ほうけいく》を作り、その中に出現《しゅつげん》する植物の優占度《ゆうせんど》・被度《ひど》・群度《ぐんど》などを計算して手元《てもと》のノートに書き入れていく。次《し》第《だい》にノートがうまっていく頃、サングラスの男がやって来て早口にしゃべった。「ここは私《し》有地《ゆうち》であるから即刻《そっこく》出ていって欲しい」という。われわれは事情を話して、そこで調査を続行《ぞっこう》しようとしたが、その男は「もし調査をしたいのであれば、島主《とうしゅ》の許可《きょか》を得てからにして欲しい」とつけ加えた。われわれは大いに反論《はんろん》したが、所詮《しょせん》はちっぽけな身体の男のこと、ポイと島から追い出されてしまった。その時、島主森繁氏は高松市へ出ていて、島にはいなかったのである。

一晩中眠《ねむ》れなかった。くやしくって、くやしくってやり切れなかった。森繁氏に会う機会を作れないままに、その数日後彼は、東京へ帰ってしまった。決着《けっちゃく》をつけに再び島へ渡ろうと思ったときは、もはや海にヨットは浮かんでいなかったのだ。そこで彼に抗議《こうぎ》の手紙を書いた。

「拝啓　森繁久彌殿《もりしげひさやどの》
　先日、小生はあなたの島にて植物生態調査中、若き男より不当《ふとう》な迫害《はくがい》を受け、調査停止を余儀《よぎ》なくされ、かつ島より追放されたのです。あなたがどういうつもりで島を買ったのか、よく判《わか》っています。しかしながら個人の所有地という点で、他を受け入れないという態度は、あなたたち都会人は余りにも自意識《じいしき》が強過《す》ぎはしまいか。学問的意義からはほんのちっぽけな点でしかない兜島《かぶと》も、私の心の中では、大いなる空白《くうはく》となって比重《ひじゅう》を占《し》めるでしょう。それはむしろ学問的なものよりも、人間の心の触合《ふれあ》いがはかなくもくずれ去ったという悲しさです。島は大切な海のホクロです。あなたは大自然のちっぽけなホクロを買いました。それは凡人《ぼんじん》にはできぬ偉《えら》いことには違いありません。しかし、それがホクロのように取るに足らぬものであれ、自然を買って個人の所有物《しょゆうぶつ》にしたということは悲しいことです。自然は、もともと多くの人たちの憩《いこ》いの場であってしかるべきなのです。あなたが島を買ったために悲しむ男が私一人であっても、軽視《けいし》すべきではないでしょう。私は自然の保護《ほご》と維持《いじ》に努力する学究《がっきゅう》の徒《と》だからこそ、あえてあなたの行動に対して抗議したのです。……」
私はこれを書いて数日後、北海道利尻島《りしりとう》・礼文島《れぶんとう》へ植物調査に旅立った。ひと月にわたるさいはての旅を終えて田舎《いなか》に帰ったが、彼からは何の返事もなかった。秋を迎《むか》えて、学校がはじまり広島へ帰った。そのうち、森繁氏が村民を招《まね》いて、アトラクションを開いたといううわさを聞いた。そのうち、いささかの用事があって初冬に田舎へ帰った。その時、こんな話を聞いた。森繁氏が村の人たちに対して好意的《こういてき》になり、アトラクションなどを開いて、歌や踊《おど》りでもてなしたのはキムラ君のおかげだと——。さらに村の有力者が私に「森繁さんがとても気にしておられて、あなたに会いたがっておられましたよ」とも言った。私は何やら複雑《ふくざつ》な気持ちにならざるを得なかった。

その後しばらくして、彼から長文《ちょうぶん》の返事が来て、心から部下の無礼《ぶれい》を詫《わ》びていた。加えて、自分の島に対する考え、村民に対する愛情《あいじょう》、そして自然の保護のあり方等について綿々《めんめん》としたためられてあった。そして、さらに数度の文通があり、二人の間の誤解《ごかい》は次第に氷解《ひょうかい》していった。お互いに感情《かんじょう》が流れ合って、かなり心の底まで開いて話し合えるようになっていた。彼は私の研究が成功するようにと、激励《げきれい》の便りを何度もくれた。

そういうことを通じて、ホントは森繁さんはいい人なんだと思いはじめた。彼は芸能人《げいのうじん》故《ゆえ》に苦しんだり悩んだり悲しんだりすることも多いと聞く。自分の島でのんびりと他人にわざわいされずに過《す》ごしたいのであろう。それに加えて、村の人たちと仲良くしたいという素朴《そぼく》さへのあこがれが彼の中に芽生《めば》えていたということは嬉《うれ》しいことだった。そして、彼とともに兜島《かぶと》を大切に保護していこうとも約束した。当然のことながら、村の人たちが泳ぎに行ったり、釣《つ》りをしたり、また一人の学生が調査にいっても暖《あたた》かく迎えてくれることを約束《やくそく》してもらった。それでこそ大自然の中で、島がチャームポイントとして光り輝くのだと思っている。卒業後は、村に帰って高校に勤《つと》めることになっている。森繁さんと出会うことも多くなろう。そんな時、二人はにこやかに笑顔で「オッス」と挨拶《あいさつ》するであろう。

——それから、一〇年。彼が書いてくださった「友よ、いろんな目にあうのは、いろんな目にあわせようと思っている誰かがきっといるんだぜ。それが神さまなら、ひとつ神さまのハナもあかさずばなるまい」という激励《げきれい》の言葉は『足物語』の巻頭《かんとう》を飾ることになる。そして、彼が私の卒論完成祝《いわ》いのために贈ってくださった村野四郎氏の詩「鹿《しか》」は、肉太《にくぶと》の毛筆で巻物にされてしたためられていて、それは額《がく》に入れて今わが家の座敷《ざしき》に飾られている。

「腹へってます!」

卒論調査は、思うようにはかどらなかった。北海道から帰った時は疲労困憊《ひろうこんぱい》して、ノイローゼ気味《ぎみ》になり、毎夜海岸歩きで苦しめられる夢ばかり見ていた。いったい何を研究《けんきゅう》しているのかさえ判《わか》らないのである。それでもなお海の大好きな男だから、真夏の炎天下《えんてんか》をポンポン船で島巡《めぐ》りを続けていた。

瀬戸内海は砂浜海岸は少なく、花崗岩《かこうがん》の露出《ろしゅつ》した岩石《がんせき》海岸がほとんどである。だから満《まん》潮《ちょう》の時など海岸歩きは非常に困難《こんなん》を伴うのだ。強く目を射《い》る紫外線《しがいせん》と激しく肌《はだ》をさす熱い日射《ひざ》し、行動を鈍《にぶ》らせる熱風《ねっぷう》、それらに悩まされながらも調査を終えて一汗かいたあと、誰も見ていない海岸で素っ裸になってひと泳ぎして、松の木蔭《こかげ》でひと眠《ねむ》りするのは快適《かいてき》だった。そんな毎日が続いていたが、忍《しの》び寄る秋の風はススキを静かにそよがせて淋《さみ》しくもあった。島のひなびた宿でゴロリと横になって海を眺《なが》めていると、海上に浮《うか》び上がった大きな満月がキラキラと砕《くだ》けて海面でたわむれているのが、人魚《にんぎょ》のささめきにも似て人恋しくさせた。ススキが白く月の光に揺《ゆ》れる中を最期《さいご》のホタルが一飛びしたのは、夏の終りを告げたかのようであった。虫の声がひときわ高く、潮騒《しおさい》と遊んでいた。

台風が近づいて空はどんより曇っていたが、島の宿から調査に出かけた。強い風が吹いていて、蒸《む》し暑く不快《ふかい》な日であった。紫外線《しがいせん》で疲《つか》れた眼は植物を正確には把握《はあく》してくれず、鉛筆を持つ手も、砂浜を歩く靴も物憂《ものう》げであった。遠くに浮ぶ島々を眺《なが》めながら、ふと深い感傷《かんしょう》にふけったりもしたが、また気をとり直して調査を続ける。急な崖《がけ》海岸を登ったり下ったりしながら五万分の一の地図が少しずつ赤い線でいろどられていく。向こうの海岸に出たかったが引き返すには遠すぎた。崖《がけ》をよじ登れば長くはかからないはずであった。そしてどこかいい所で昼飯《ひるめし》にしよう。そう思いながら急な崖を登り始めた。着実《ちゃくじつ》に一歩一歩、慎重《しんちょう》に落ち着いて。約一〇メートルも登りつめて崖上に手が届く直前であった。「ハッ！」と思った瞬間《しゅんかん》、足元がザラッと滑《すべ》って、宙《ちゅう》に浮いた。両手を拡げ必死《ひっし》で何かにつかまろうとしたが、鋭《するど》くとがった岩石の他には何も無かった。岩で胸を打ち、顔面を岩《がん》盤《ばん》にこすりつけながら、身体はザザザッと砂といっしょに滑《すべ》り落ちた。フワッと身体が宙に浮いたのを知った。悲しかった。死ぬのだと思った。両親や妹たちが悲しむだろうと思った。今までのことをすべて後悔《こうかい》した。次の瞬間《しゅんかん》、身体が海中に沈むのを覚えた。海中で激しくもがいた。水面に浮かびあがりながら助かったのだと感じた。それらのことは、すべて一瞬《いっしゅん》に起こったのだが、ひどく長いことのように思えた。そして、その長い時間の全てが「死んではならぬ」という生への執念《しゅうねん》であった。

リュックを背負って山靴《やまぐつ》をはいたままで近くの岩礁《がんしょう》に泳ぎついた。海水で顔を洗うと両手が真赤に染って、額から鮮血《せんけつ》がポタポタ流れ落ちてくる。右腕《うで》がしびれて動かない。落ちる時しがみついたゴツゴツの鋭《するど》い岩で皮膚《ひふ》と肉をえぐりとられて、ザクロのように真赤に開いていて、中から白い骨がのぞいている。こみあげる嘔吐《おうと》をおさえながら、タオルで腕をきつく縛《しば》り、応急手当《おうきゅうてあて》をした。岩礁《がんしょう》の上で悄然《しょうぜん》となって沖《おき》の方をぼんやりと眺《なが》めていた。漁舟《ぎょせん》が近づく。ゴツイ顔をしたひげ面のおじさんが、太い腕《うで》で私を引っぱり上げる。舟の上で何度も激しいはき気を辛抱《しんぼう》しながら、しかもビショ濡《ぬ》れのままで、調査記録《ちょうさきろく》ノートを読み返し、明日の調査予定地を地図で探していたのが悲しかった。

一時間ばかりで島の病院へ連れていかれた。道いく人たちが私の形相《ぎょうそう》を見て、ギョッと驚く様子が、自分の傷のひどさを物語っているようであった。医師が私の顔をまじまじとにらんで、「こりゃ、ひどい」とつぶやいた。「気分はどうだ？」私は精《せい》いっぱいの元気を出して「腹へってます！」と答えた。それを聞いて病院中が大笑いをした。私はまだ弁当を食べていなかったのだ。それは、もはやリュックの中で塩漬《しおづ》けになっていた。

すぐに手術が始まった。顔の傷の中に埋まっている砂粒《つぶ》を一つ一つ拾い出すのが大仕事で、看護婦《かんごふ》さんたちも汗だくであった。激痛《げきつう》に何度も涙で顔をしかめ、うめいた。だが嬉《うれ》しかった。痛さを感じることのできる身体がここにあるということが、嬉しくて涙が溢《あふ》れそうだった。私は、二つの涙を一生懸命《けんめい》こらえながら、できそうにもない明日の調査予定地のことばかりを考えていた。

そのまま親切なおじさんのお世話になり、島で治療《ちりょう》を続けた。島の人たちが次々とお見舞いに来てくださり、誰もが「あんたは運《うん》のええ人じゃのう。ふつうの人ならあの高さから落ちたら死んどるぜ」と運の強さに感心していた。

二、三日はひどく傷がうずいて眠《ねむ》れない夜が続いた。「顔面擦傷《がんめんさっしょう》、打撲《だぼく》。右手切傷《せっしょう》、十《じゅっ》針縫合《はりほうごう》、左手擦傷《さっしょう》、全治《ぜんち》四週間」であった。しかし、四週間を待たずに、白い繃帯《ほうたい》だらけのままで発《た》った。家には寄らずに、そのまま広島に帰ったのがわれながらいじらしかった。家族に心配させまいと思ったからだ。傷はみるみるうちに良くなった。それが若いという証拠《しょうこ》であり、自分の計《はか》り知れない生命力であるように思えた。この事故で、自分の知らなかった自分を知った。生命を大切にしたい。生命が全《すべ》てだと思った。大切なのは自分である。当時の恐怖《きょうふ》が蘇《よみが》える時、もはや無理な行為はすまいと思う。人間は少しずつ体験《たいけん》を経《へ》て、変化し、成長していくのだ。

研究の成果はどうであれ、あの長い暑い夏を炎天下《えんてんか》がんばって歩き続けたことだけでも、十分な人間形成《にんげんけいせい》の価値があると思った。土地の人々と話したり、仕事を手伝ったり、子供たちと泳いで遊んだりした。今になって思い出すのは、砂浜《すなはま》に生える植物ではなく、人々の生活であり、労働《ろうどう》であり、苦しみであり、喜びであった。自然を愛する自分は孤独《こどく》であったが、その中に生活する人々とのつながりは孤独ではなかった。貴重《きちょう》な夏の体験の一つ一つ、それらを大切にしたい。

あれからひと昔《むかし》たって、瀬戸は、私の調査した時より急激に植物が荒廃《こうはい》した。ある海岸では、植物らしい植物の生えていない所さえある。海も汚《よご》れた。魚も減《へ》った。私を救ってくれた漁師さんも、最近の魚の激減《げきげん》をなげいておられた。森繁《もりしげ》さんも、汚れた海に愛想《あいそ》をつかして島へ来なくなった。瀬戸内海こそは、我々日本人の貴重《きちょう》な財産《ざいさん》なのだ。あと数年後には、死の海になろうとさえ言われる。

これは政治家《せいじか》だけの問題ではなく、瀬戸内に住む私たち一人ひとりが真剣《しんけん》に考えていかなくてはならない、大切な問題ではないか。砂浜にハマエンドウやハマヒルガオを蘇《よみが》えらせよう。海に魚を、島に緑を、空にカモメを。そして安心して泳げる海を人々に返せ！

さよなら、レイ子ちゃん

もう一度ぜひいってみたい所と言えば、私は二つの場所を即座《そくざ》にあげることができる。それは、生まれてはじめての三〇〇〇メートルの山「甲斐駒岳《かいこまだけ》」と、人間の心がいつまでも純朴《じゅんぼく》であることを知らせてくれた「奄美大島《あまみおおしま》」である。

先日、正月映画「男はつらいよ—寅次郎夢枕《ゆめまくら》」を見ていると、冒頭《ぼうとう》で寅さんが歩いている背景にあの忘れもしない〝甲斐駒岳〟のピラミッド型の偉容《いよう》と、それに連なる南アルプスの連峰《れんぽう》が白い雪をかぶって神々《こうごう》しく横たわっていた。私は、映画の内容と関係なく、思わずまぶたの裏がジーンと熱《あつ》くなるのを知った。また、近いうちに一度あの山へ登ろう。私はその燃え上がる気持ちを押え切れずにいる。「甲斐駒岳」は血ヘドが出るほど苦しい思い出だったが、「奄美大島」は心暖《あたた》まる人情《にんじょう》の思い出の島である。

私は大学時代二度にわたって、奄美大島での正月を迎《むか》えた。そこで待っていたものは、貧しいながらも、私を暖かく迎えてくれる土地の人々のやさしい心根《こころね》であった。

私は相変わらず大きなリュックを背負って、奄美の山や海を歩き続けていた。サトウキビをかじりながら歩いたり、子供たちと砂浜で裸足《はだし》になって鬼《おに》ごっこをしたり、学校や公《こう》民館《みんかん》に泊《と》めてもらったりして、それは気の向くまま足の向くままの調査行《ちょうさこう》であった。冬とはいえ常春《とこはる》の大島の旅は快適《かいてき》な日々であった。そんな気持ちを表わしたものが、当時の野《や》帳《ちょう》に走り書きしてある。

はるかな島　青い空
バナナが実る暖かい人々の心ただよう
珊瑚島《さんごとう》の香りを　あなたに届けます
深い海　走る波
パパイヤの熟《う》れる輝く太陽と熱風《ねっぷう》のもと

若い旅の喜びを　あなたに贈ります

黒い潮　白い船
デッキで眺《なが》めた星座《せいざ》のちらばりと一条《いちじょう》の流れ星
潮風《しおかぜ》に吹かれて流れ去るひとつの感傷《かんしょう》
あなたといっしょに　感じたい

奄美大島が気に入ってしまった私は卒業論文のまとめも忘れて、そこで正月を迎《むか》え、しかも新年になっても実家へも学校へも帰ろうとはしなかった。相も変らず、日がとっぷり暮れてもひたすら植物生態《せいたい》調査をしていた時だった。一天《いってん》にわかにかき曇《くも》り、パラパラと雨が降りはじめた。さすが南の島の雨は大粒《つぶ》で、そのうち天の底が抜《ぬ》けたようなドシャ降り。合羽《かっぱ》を着て大あわてで雨から逃げようとするが、雨足《あまあし》はどんどん追っかけてくる。大粒の雨は、容赦《ようしゃ》なく身体の奥までジンジンしみ込んでくる。南国とはいえ冬の雨は冷たい。身体の底まで凍《い》てつき、歯の根さえあわなくなる。濡《ぬ》れ鼠《ねずみ》になって、目をショボつかせながら、なお降りやまぬ雨の中をトボトボと一時間ばかりも歩き続けたろうか。とある夕闇《ゆうやみ》の家並《いえなみ》の中に一つぼんやりとした明《あか》りを見つけた。ひなびたその明りの文字は、「三平《さんぺい》食堂《しょくどう》」と読めた。店の戸をガラッと開けた。店の中は薄暗《うすぐら》く、ガランとして誰も客はおらず、店の人さえいなかった。

「ごめんください！」と奥に向って大声をあげると、小さな可愛《かわい》い女の子が走り出て来た。リュックをかついで、髪《かみ》はおろか身体じゅうから水をしたたり落としている私の風体《ふうてい》を見て、彼女はギョッとした様子で、まつ毛の長い瞳《ひとみ》を見張った。そして、大急ぎで奥へ走り込んでいき、しばらくして母親を連れて出てきた。「いらっしゃいませ」愛想《あいそ》良く答えながら、母親は私の姿を見て、「はやく着替えないと風邪《かぜ》をひきますよ」と心配してくれ、滅多《めった》に使わないはずのストーブに火をつけてくれた。最初は私におびえていた女の子も、私の濡れたシャツなどをしぼって、ストーブのそばに広げて乾《かわ》かしてくれた。食堂のおばさんは「寒かったでしょう」と言いながら、チャンポンを大急ぎで作ってくれた。私は、着替えを済《す》ませ、その湯気の出ている暖かいチャンポンをすすりながらホッと一息ついた。そして、その母娘の暖かい心に感謝しながら、涙をもすすっていたのである。

それからというもの私は毎日のように、チャンポンを食べに三平食堂へ行き、レイ子ちゃんというその小学四年生の女の子と浜辺へいって貝殻《かいがら》や珊瑚《さんご》を拾って遊んだり、大学や街の話をしてやったりした。いつまでも奄美大島から立ち去りがたかったが、ついに私が島を発《た》つ日、母娘《おやこ》が港まで見送りに来てくれて、二人がいつまでもちぎれんばかりに手をふってくれた。

デッキから私も手をふって応えていると、もはや母娘の姿は米粒《こめつぶ》から点々のようになりとうとう見えなくなってしまった。そして島影《しまかげ》も次第に遠のいていく。ついに島影さえも見えなくなると、あとは白く波立つ航跡《こうせき》ばかり。

私はまぶたの裏を熱くうるませながら、いつまでも幻《まぼろし》の島影と二人が手をふる姿を太平洋の大海原《うなばら》に投影《とうえい》していた。

そして一言つぶやいた。

「さよなら、レイ子ちゃん」

6 サッカー物語

〝サッカーを人生の友に〟
〝サッカーを一日でも早く始めよう〟
〝サッカーを一日でもおそくやめよう〟

サッカーの、サの字も知らない私が、ひょんなきっかけでサッカー部の顧問《こもん》にされたのは、高校に赴任《ふにん》した翌年《よくとし》であった。とにかくそれまでサッカーというのは足を使って蹴《け》り合いをする最も野蛮《やばん》なスポーツだという印象《いんしょう》しかなかった。特にそれを決定的にする事件が大学時代にあった。よく知られているように広島市は全国でも指折りのサッカー王国であった。広島大学に入学した私は、三つ位の坊やまでが、かっこいいユニフォームを着て、ストッキングをつけてボールを蹴っているのを見ていささか驚いた。そんなわけだから、大学でもサッカーは盛んであった。だが、私はいっこうに興味《きょうみ》を示さず、もっぱら「学究《がっきゅう》の道」を黙々《もくもく》と歩むのみであった。

ある雨あがりの秋の夕暮《ゆうぐれ》、大学のグラウンドを今日買ったばかりの「植物生態学《せいたいがく》」の本を読みながら、寮《りょう》へ帰って行く途中《とちゅう》であった。ワアワアとグラウンドが騒《さわ》がしいので、チラッと書物《しょもつ》から目を離してみると、二〇名ほどのサッカー部員たちがボールを蹴《け》って走りまわっている。「馬鹿《ばか》どもめ、大の男が小猫みたいに玉にじゃれついて、何がおもしろいのだ。野蛮《やばん》人め！」と私は腹の中でせせら笑い、軽蔑《けいべつ》しながら再び書物に顔を向けて夕闇《やみ》迫るグラウンドをほとんど横切ったかにみえたとたんグワーンと物凄《ものすご》い衝撃《しょうげき》が身体を走った。サッカー部員の蹴ったボールが、ちょうど近くを通りかかった私の横つら目がけて猛烈《もうれつ》な勢いで飛んで来たのだ。メガネが吹《ふ》っ飛んだ。身体はそのショックで横っ飛びに倒されていた。しばらく意識《いしき》を失って倒《たお》れたままでいたらしい。

遠くの方で、ワイワイと人々の話し声が聞こえていたのが、次第《しだい》に近づいて来る。目の前が除々《じょじょ》に明るくなってくる。「大丈夫《だいじょうぶ》ですか？」と心配そうな声、そして顔。耳の奥がガンガン早鐘《はやがね》を打ち、目の前は星がチカチカまたたき、頭の芯《しん》はズキズキ痛む。それでも、何くそと起き上がりながら「大丈夫、大丈夫」と声を出した。

買ったばかりの新しい本は、グラウンドの水たまりに落ちて泥《どろ》で汚れ、水に濡《ぬ》れていた。その本をいとおしそうに拾いあげながら「ああ」と悲しみの声をあげた。衣服《いふく》についた泥《どろ》をはらいながら、その悲しみがいきどおりに変るのを知った。私は心配そうなサッカー部員に背を向けてトボトボと立ち去りながら、思い出したようにふり返って叫んだ。

「サッカーの馬鹿野郎《やろう》！　こんなスポーツなんか絶対《ぜったい》にしてやるものか！」

サッカー野郎どもは、再びボールを蹴《け》って夕闇の中を走り始めていた。私は、ジンジン痛む左のコメカミを手のひらでなでながら、じっと彼らの激しい動きを見つめていた。

不自由だった足の病も次第にいえて健康《けんこう》を回復《かいふく》した私は、大学時代日本中を歩き回った。だから、就職《しゅうしょく》した頃、学校で授業を教えるだけの生活では身体がムズムズしてたまらない。何かしようと思い立っていつも放課後《ほうかご》バドミントンに興《きょう》じたり、バスケットボールをして体を動かしたりしていた。そんなある日、サッカー部員たちがやってきて言った。

「先生、そんなにスポーツが好きなら、サッカーをいっしょにしませんか」

「いや、僕はサッカーだけはしないことにしている」

「何で、サッカーだけはしたくないのですか？」

「サッカーは野蛮《やばん》だからだ」

「じゃあ、ラグビーはもっと野蛮でしょ」

「いや、サッカーは蹴《け》り合いをするから、特に野蛮なのだ」

「でも、人を蹴《け》るのでなくて、ボールを蹴るのですよ」

「だが、足で蹴るから駄目《だめ》だ」

「手でボールが蹴れますか？」

「僕は、右足の骨が腐《くさ》って穴があいていたのだ。今さらボールなど蹴れるか」

大学でのサッカーボール事件のことは一言もいわなかったが、最後の言葉で十分だった。彼らは、あきらめて帰っていった。とはいうものの、私は自分自身の最後の言葉が心にひっかかってしょうがなかった。私の言ったことは卑怯《ひきょう》ではなかったたか。足の骨が腐っていたということがボールを蹴れない理由になるのだろうか。たとえ足に大きな穴があいていても、自分の足はアルプスの急峻《きゅうしゅん》な峰々《みねみね》を重いザックを背負って歩き続けたではないか。毎年、雪の浴《と》けるのを待ちかねて「お花畑」を目指して心はずませて登っていったではないか。崖《がけ》から転落《てんらく》しても、足の骨だけは折れなかったではないか。自分はこうしていまトラックを走れるのだし、バドミントンも楽しめるのだ。ならなぜボールを蹴れない理由があるのだろうか。

サッカーをしたくないという気持ちは、自分の足の病気の再発《さいはつ》への不安と、たった一度ボールを顔にぶっつけられたという怒《いか》りと、大切な書物を泥《どろ》水に汚されたという恨《うら》みの気持ちだけではないか。そう考えながら、私はもう一つの大学時代の印象的なシーンを思い出していた。

昼休みの時間に大学のキャンパスを散歩していた。秋の弱い陽ざしと、さわやかな風の中で落葉《おちば》が舞っていた。グラウンドでは、うらめしきサッカー野郎《やろう》どもがボールを蹴《け》って走っていた。と、一人の小柄《こがら》な、しかも頭の禿《は》げた男がボールをドリブルして走りはじめた。大勢の部員たちが、彼からボールを奪《うば》おうと四方八方《しほうはっぽう》から立ちふさがった。するとどうだろう。彼は右に左に身体をひねって、まるで牛若丸《うしわかまる》のように軽い身のこなしで大の男を次々に後方《こうほう》にほうむり去っていくのだ。そして、急にスピードをあげたかと思うと、今まで足にすいつけられていたボールが、地面スレスレに加速《かそく》されて、足もとから離れてゴールに飛んだ。

ゴールキーパーは懸命《けんめい》のセービングをしていたが、それはボールの飛び込んだのと逆《ぎゃく》の方向に飛んでいたのだ。グラウンドに倒《たお》れたサッカー野郎どもと、逆に飛ばされたキーパーをみて私はおかしくなって、ケラケラ笑った。だがそれにしてもあの「ハゲチャビン」のおっさんは誰《だれ》か？

彼は再びボールをとって絶妙《ぜつみょう》なコントロールで、水すましのようにグラウンドの上をスイスイ滑《すべ》ってゴールをしては、大声でどなっていた。その声は日本語ではなかった。「ダンケ」とか「グート」とか、ドイツ語であることが私の貧《まず》しい語学力《ごがくりょく》をもってしてもすぐにわかった。ゴールに近寄っていって一人の部員《ぶいん》に聞いた。

「あのハゲチャビンのおっさん誰や？」

「何や、お前、あの人知らんのか。ドイツの有名なコーチ、クラマーさんやがな」

「そんな人、聞いたこともないがな。なんでまた、そんな人、こんなところにおるんや」

「東京オリンピックで、日本のサッカーチームを強化《きょうか》するために呼ばれてきたんや」

「それでも、お前らオリンピック選手やないやろ」

「ちがうけど、広島までわざわざコーチに来てくれたんや」

二人でボソボソ話していると、そのクラマーとかいうおっさんが、こちらをみつけてわけのわからぬドイツ語でどなりつけた。

「こらあ、お前そこで何しとんや！」とでも言ったのだろう。オリンピックの候補選手《こうほせんしゅ》にもなれそうにもない彼は、その声に威圧《いあつ》されてあわてて走っていって練習《れんしゅう》に参加した。

そしてクラマー氏は、険《けわ》しい鷹《たか》のような目をランランと光らせて、ボールを蹴《け》って走り、髪《かみ》の毛をふり乱して（といっても、ごくわずかの髪の毛で）、絶妙《ぜつみょう》のヘディングを決めるのであった。私は、その子どもの腕《うで》をねじふせるような技術《ぎじゅつ》の差にあっけにとられ、時を忘れてその神技《しんぎ》に見ほれていた。

「サッカーちゅうもんは、素晴《すば》らしいもんやなあ――」

東京オリンピックで、日本サッカーが世界の強豪《きょうごう》アルゼンチンを破《やぶ》るというニュースを聞いたのは、就職《しゅうしょく》した年の秋であった。新聞の写真をみると、見おぼえのあるあのおっさんが、選手たちと抱《だ》きあって喜んでいるのがあって楽しくなった。あの時より頭の毛は一層うすくなっていた。

私はいろいろなシーンを想い浮べながら、一つの賭《か》けをしてみたい気持ちになった。

「ひとつ、サッカーをやってみようか」こんな気持ちが少しずつ膨《ふく》らんでいくのを感じていた。

だが、ただでさえ足の不自由な自分が、なぜよりによって「足のスポーツ」をせねばならんのだろう。もし足が痛んで再び病院のベッドに寝なければならないとしたら、また不自由な松葉杖《まつばづえ》をついて歩かなければならないとしたら……そんな不安をおおいかぶせるように、ボールを蹴《け》ってみたいという衝動《しょうどう》は押え難《がた》くなっていった。とにかく、できるだけやってみよう。やって駄目《だめ》ならあきらめよう。だが、何となくやれそうな気がする。私は運動着《うんどうぎ》をつけて、サッカーをしている連中《れんちゅう》の所へ走っていった。心は、子どものように、ボールのようにはずんでいた。

部員たちが下校《げこう》してからも、夜遅《おそ》くまで一人でボールを蹴《け》っている日が多くなって来た。重い足の中でポンポンと軽くはずむボールが生き物のように、しかも友だちのように感じられて、ボールと別れるのが淋《さみ》しくなるようにさえなり出した。夕闇《やみ》迫るグラウンドの真中で、ちびっこが一人ボールに向かって話しかけている。

「僕は君と生涯《しょうがい》の友だちになろう。死ぬまで、君とは離れないだろう。君と走ることを止め、遊ぶことを止めたら、その時僕は〝死〟の淵《ふち》に立っているのだろう」

いまだかつて、スポーツ用品らしい物を買ったことのないのが、安月給《やすげっきゅう》をはたいてサッカーシューズやストッキングを買った。恥《はずか》しさが先に立って、なかなか店に入れなかったが、靴《くつ》を手にして帰るみちみち何度もそれを握《にぎ》りしめる自分の心が、子供のように踊《おど》っているのを感じた。誕生日《たんじょうび》には、友人たちが金を出し合ってサッカーボールをプレゼントしてやろうということになった。

そして、そのボールがいつの日にか病院のベッドの上で、私に抱かれていようとも、その時には、もうお花畑の本に心打たれていることはないだろう。手に持つ本は一変して、サッカーの攻撃《こうげき》法や防御《ぼうぎょ》法、その他もろもろのサッカーに関する書物や記事を読みあさっているのだろう。そして、心は遠く広いグラウンドに飛び、ボールを蹴って走り、ヘディングをして跳《は》ねている元気な自分の姿を思い浮かべているに違いない。

ある日、もう大学を卒業しているサッカー部OBたちがひょっこり私のところへやってきた。彼らこそ、私にサッカーをやらせるきっかけをつくった張本人《ちょうほんにん》なのだ。彼らは、私にこう言った。

「先生、あの時ハッスルして僕たちの所へ来ましたが、見ちゃあおれませんでした」

事実、はじめて私の蹴ったボールはその場にとどまったままで、微動《びどう》だにしなかったのだ。

「仲間と賭《か》けをしてたんです。先生がいつあきらめるか、棒《ぼう》を折《お》るかとね」

私はそんなことを知りもせず毎日のようにボールを蹴りに出かけた。

「僕たちは、先生のぶざまな様子《ようす》をみているとあわれになって、はやくあきらめてくれればいいと思っていました」

それでも、私は生徒たちが下校してしまったあと、ポツリと夕闇の中に立ってボールとにらめっこをしていたのだった。

「あの生徒はへたくそだとＯＢが言ってましたよ」

私はいつも先輩たちから生徒に間違《まちが》われてみじめな想《おも》いをしていたものであった。

「仲間《なかま》の一人が言いました。あの先生は執念《しゅうねん》の固まりだ、とね」

私は闇の中でもうほとんど見えなくなったボールを思い切り蹴飛ばしていた。

「僕らは、最初先生をからかいたくて、冗談《じょうだん》半分にサッカーを勧《すす》めたのです」

もう、私には冗談どころでなく、〝サッカーキチ〟と呼ばれるまでになっていた。サッカーは私にとって麻薬《まやく》であった。

「本当に先生すみませんでした」

私は彼らにあやまられるより、むしろ感謝《かんしゃ》したい気持ちでいっぱいだった。あの時、彼らにからかわれなかったら、私は相変らず「アンチサッカー党」のままでいたろう。何より、サッカーを知ったお蔭《かげ》で、私の人生の楽しみは何十倍にもふくれあがったのだ。

「先生、いつまでも若く、元気でがんばってください」

というと、彼らはコーヒーを飲みほして、タバコに火をつけた。紫《むらさき》色の煙《けむり》がフワーッと浮いて、見合わす顔の間にユラユラ流れた。サッカーを通して結ばれた友情が静かに漂《ただよ》い合って、しばらくの沈黙《ちんもく》があった。

競争しようよ！　国松君

ちばてつや氏の描《えが》くマンガ「ハリスの旋風《かぜ》」の主人公、石田国松《いしだくにまつ》君はハリス学園の手に負えぬ腕白《わんぱく》坊主である。スポーツに熱中し、大失敗をしたり、大活躍《かつやく》をしたりしながら人間的に成長して行く大河漫画《たいがまんが》のヒーローだ。まず野球にはじまって、剣道《けんどう》、ボクシングとわたり歩いて、小さな身体にエネルギーをみなぎらせて、傍若無人《ぼうじゃくぶじん》の大活劇《かつげき》をする。それがとても楽しみで、私は毎週『マガジン』が出るのを待ちかねて、高松駅の売店まで一日先に買いにいっていた。驚くなかれ、結婚後もそれをくり返していたものだから、妻は「この人いったいどんなつもりなのかしら？」とあきれ返っていた。それでも、そのうち妻もそれが楽しみになって、「あなた、今日マガジンが出る日でしょ」と催促《さいそく》し出す始末《しまつ》。どうなってるの⁉　この女房《にょうぼう》――。

国松君が遂《つい》にサッカーを始めることになった。それは奇《く》しくも私が、高校に就職《しゅうしょく》してサッカーを始めて間もなくのことであった。私は、サッカーの難しさに、ホトホト手（足？）をやいて、何度か投げ出そうかとしていた時でもあり、少しずつその楽しさを感じつつある時期でもあった。私は、国松君と競争《きょうそう》して、彼をライバルとして自分も負けずにがんばろうと決心した。彼に挑戦《ちょうせん》せんとて、作者のちばてつや氏に手紙を書いた。そして、サッカーの難しさ・苦しさ・楽しさ・素晴《すば》らしさなどを気持ちのまま打ち明けた。しばらくして、彼から感謝《かんしゃ》の手紙が届いた。彼は「国松にもあなたのような苦しみや悲しみを体験《たいけん》させつつ、素晴《すば》らしいサッカーマンとして成長させたい」と綴《つづ》ってあった。それに同封《どうふう》して、素晴らしい色紙《しきし》があった。恐らく、彼は私がこんなプレーができると思っていたのであろう。それは、若々しく表現された私が、オーバーヘッドキックでボールを蹴《け》っている図であった。ところが私は、こんなカッコいいプレーは一度もできたことがないのだ。一方の国松君は、画面の中から飛び出さんばかりの大活躍《かつやく》をして、アッと驚くようなプレーの連続で私の度肝《どぎも》を抜くのだった。それと裏腹に、最初は国松君と競争《きょうそう》しようと意気込んでいた私の技術《ぎじゅつ》は、次第に彼と遠のいていくばかりであった。だが別に、悲しみはしなかった。私のサッカーとの出合いは余りにも遅《おそ》すぎた。正直《しょうじき》なところ、もっと早く始めておればと後悔《こうかい》ばかりであった。だが遅くはじめたサッカーを、できるだけ遅くやめようとする日々の努力を今でも忘れてはいない。国松君はアメリカへ渡ってしまったが、元気でやっているだろうか？　私はもう結婚し、娘の二人もいる。それでもいつまでも君と競争をと、ハッスルしていたあの燃えるような若い気持ちは忘れないでがんばっているのだよ。帰ってきたら、また君と競争しようよ！　国松君。

「ちばてつや」さんから贈っていただいた色紙

泣《な》くな、イレブン

絶対有利《ぜったいゆうり》とされていたインターハイ県予選で、宿敵《しゅくてき》高松商とあい、七分どおり優勢《ゆうぜい》に試合を進めながら、逆襲《ぎゃくしゅう》の一点で、高松高イレブンは泣いた。大粒の涙《なみだ》をポロポロ流す者がいた。オイオイと大声をあげて泣く者がいた。じっと唇《くちびる》をかみ、こぶしを握《にぎ》りしめてワナワナと震《ふる》えている者もいた。これに勝ちさえすれば、本校サッカー部が初めて全国大会《ぜんこくたいかい》に出場できるはずであった。今までの新人大会二年連続優勝という実績《じっせき》も水の泡《あわ》と消え去ってしまった。彼らが厳《きび》しく激《はげ》しい練習に耐えぬいて、勉強との両立《りょうりつ》に悩《なや》みながら築《きず》いてきたものが音もなく、もろくも崩れ去った。私も大粒の涙を流して、大声で泣きたかった。だが監督《かんとく》までが部員といっしょに泣いてはさまにならない。私は溢《あふ》れ出ようとする涙をこらえてつぶやいた。「泣くな！　イレブン」

好きでやっているものの、運動部の監督ほど肉体《にくたい》的にも精神《せいしん》的にも負担《ふたん》の多いものはない。特にタイトルをかけての一戦となると、神経《しんけい》はズタズタにすり切れてしまうのだ。事《じ》後《ご》しばらく頭痛《ずつう》が続いて、身体の調子《ちょうし》が狂うことさえある。それでも試合の翌日《よくじつ》休むわけにもゆかぬ。最近多くの企業体《きぎょうたい》が週休二日制を推進《すいしん》するなかで、学校のクラブ活動はむしろそれに逆行《ぎゃっこう》しているように思う。私は一年のうち、本当に日曜日を日曜らしく使えることはほとんどなかった。いつも練習、試合もしくは、各種大会でつぶされる。だから日曜の疲労《ひろう》はそのまま月曜にもち越される。日曜日は安息日《あんそくび》でなく、私にとっては疲労蓄積日《ちくせきび》なのである。月曜の夜は、精神的にも肉体的にも疲労困憊《ひろうこんばい》して眠《ねむ》り続けるのみである。こんなに休みなく昼も夜も働いているのだからさぞかし高給取《こうきゅうと》りだろうと誤解《ごかい》されそうだ。だが、私はもらわない方が気が休まるような極めてわずかの手当しかもらっていない。本当に教師というものは好むと好まざるにかかわらず聖職意識《せいしょくいしき》を持たぬとなかなかやってはいけないものだと思う。もし好きでもない人が運動部の顧問《こもん》をさせられているとしたら、どんな痛苦《つうく》に耐《た》えておられるのかと察《さっ》するに余りある。

チャンスは再び訪《おとず》れた。インターハイ予選の敗北《はいぼく》で、クラブを半《なか》ばやめていた三年生部員が復帰《ふっき》した。かつての悪夢《あくむ》を忘れ去ったように新しい練習が始まった。彼らは高校三年間に求め続けて来たものの最後の賭《か》けを打ったのだ。それは危険《きけん》なことだった。もう受験《じゅけん》勉強に拍車《はくしゃ》をかけなければならない大切な時期に、再びサッカーを始めるなんて無謀《むぼう》とも言えることだった。だが、彼らの意志《いし》は堅《かた》かった。三度目の正直《しょうじき》を目指して「全国高校サッカー選手権大会《せんしゅけんたいかい》」にすべての夢を託したのだ。

文化祭《ぶんかさい》の当日、県予選でまたもや宿敵《しゅくてき》高松商と対戦《たいせん》した。「今度こそは！」という気迫《きはく》がイレブンにみなぎっていた。この一戦にすべてがかかっていた。われわれは再び応援《おうえん》もないままに、死力《しりょく》を尽して戦わなければならなかった。その結果は新聞に次のように報道《ほうどう》された。
「優勝《ゆうしょう》の行方《ゆくえ》を大きく左右する二回戦の高松高—高松商は高松高が立ち上がりからスピードで高松商を圧倒《あっとう》、前半で勝負を決めた。高松商は後半辛《かろ》うじて一点を返したが、攻守《こうしゅ》に精彩《せいさい》なく、インターハイ県予選の雪辱《せつじょく》を許した」

私はこの勝利の喜びを胸に大急ぎで学校へ帰って行かなければならなかった。学校ではクラスの生徒たちが私の帰りを待ちわびていた。わがクラスは文化祭で、仮装行列《かそうぎょうれつ》で参加しなければならず、そのテーマは「人間の一生」であった。私にも役柄がまわってきた。「赤ん坊」になってくれというのである。今まで何度か仮装に参加したが、いつも高校生か女性の役であった。この「赤ん坊」という人間の一生のスタートを華々《はなばな》しく飾《かざ》る重要《じゅうよう》な役目に私は大ハッスルした。大いそぎで裸になって、真赤な金太郎の腹《はら》カケをして、白い赤ちゃん帽をかぶった。哺乳《ほにゅう》びんくわえてガラガラ振《ふ》って友だちから借りた乳母車《うばぐるま》に乗った。サッカーに勝っていたので上機嫌《じょうきげん》であった。見物客《けんぶつきゃく》に大いに愛嬌《あいきょう》をふりまいた。私は二人の娘たちがしてるようなことをすればそれでよいのだった。ところが、あまり調子《ちょうし》に乗りすぎて、乳母車の底を踏《ふ》み破ってしまった。後《のち》になって、私はこれの修繕《しゅうぜん》に涙ぐましい努力《どりょく》をせねばならなかった。赤ん坊や、結婚式《けっこんしき》、バキュームカー、お葬式《そうしき》などが人気を得《え》てわがクラスに栄冠《えいかん》は輝いた。私も表彰状《ひょうしょうじょう》をもらうことができた。それは特別参加賞《とくべつさんかしょう》として次のような文面《ぶんめん》であった。

「あなたの参加によって仮装行列が盛大《せいだい》になり、見物《けんぶつ》の人々の期待《きたい》にこたえた演技《えんぎ》はみごとである。よくここまで知性《ちせい》を抑えて、痴呆性《ちほうせい》を出したことは人並《ひとなみ》ならぬ努力《どりょく》のたまものである。よってここに特別賞をおくる」

文化祭が終って、次の日曜日、わざわざ松山市まで愛媛県決勝の模様《もよう》のスパイに出かけた。私はきっぱりと、「痴呆性」を捨《す》て、今まで抑えていた「知性」を取り戻さなければならなかった。相手は壬生川工業高校《にゅうがわこうぎょうこうこう》と決まった。チームの特徴《とくちょう》、各選手のプレー、マークすべき相手などを細かくメモした。だが、本校には不利《ふり》な条件が多かった。北四国予選が三年生の模擬試験《もぎしけん》と重なった。練習時間がほとんどとれないということが何より苦しかった。一方相手校は、毎日猛練習《もうれんしゅう》を重《かさ》ね、しかもそのあと四キロも走っていたと聞く。南海《なんかい》放送《ほうそう》を通して相手校の監督《かんとく》と電話で対談《たいだん》したが、彼は自信ありげな口調《くちょう》であった。私は口にこそ出さなかったが、十中八九《じっちゅうはっく》、勝つ自信がなかった。勝てる要素《ようそ》は唯一《ただひと》つ、相手のスピードとスタミナにわがチームの技術《ぎじゅつ》がいかに勝《まさ》るかということにかかっていた。

松山への列車《れっしゃ》の中でほとんどの生徒たちが英語の参考書を開いて読みふけっていた。そうだ、彼らは明日のゲームが終れば、またテストが待っているのだ。ここには、「世紀《せいき》の一戦」を交えなければならないという緊張感《きんちょうかん》よりも、テストへのそれの方が強いといっても過言《かごん》ではない。私も彼らの勉強を手助けにと英文《えいぶん》を読んでやったり、いろいろな質問《しつもん》を発してやったりして、わが「痴呆性を秘めた知性」をふりしぼったのである。

大会はＴＶ放映の電波《でんぱ》に乗った。ゲームは一進一退《いっしんいったい》の激しい攻防《こうぼう》を続け、お互いに一歩もゆずらぬ好試合となって展開された。両者、決定的なチャンスをものにできないまま、死闘《しとう》のすえ前後半戦すべてを終了《しゅうりょう》した。

　ＴＶ放映の都合《つごう》でハーフ・タイムもないままにすぐさま延長戦《えんちょうせん》に入った。これはわれわれにとって非常《ひじょう》に不利なことであった。選手の何人かがスタミナを消耗《しょうもう》して、足のケイレンを訴《うった》えはじめた。ハーフタイムがあれば、疲《つか》れた選手たちにレモンをかじらせ、足のケイレンを治して、「さあがんばれ！」と叱《しっ》咤《た》激励《げきれい》することもでき、何らかの策《さく》をさずけることもできたのだが、それもかなわぬまま、ホイッスルが鳴った。選手たちは練習不足から来る急激な疲労憔悴《ひろうしょうすい》を耐え忍んだ。もはや彼らの闘《たたか》っているものは肉体ではなく、精神そのものであった。その悲しみと苦しみとが私には痛いほどわかって、早く難局《なんきょく》を切り抜けたいと思った。攻め続けられながらも、延長前半は無《ぶ》事無失点《じむしってん》に押《おさ》えることができた。今度こそと思ったが、またハーフタイムはもらえなかった。後半にはいって一層激しい苦痛《くつう》が彼らを襲《おそ》った。最後の力をふりしぼってボールを追い、敵とせり合い、走り続ける姿は痛々《いたいた》しかった。チャンスが数度訪《おとず》れたが、シュートは惜《お》しくもゴールをはずれ、その度《たび》に応援団《おうえんだん》が空《むな》しく落胆《らくたん》の声を張りあげるのみであった。緊張《きんちょう》と苦痛の連続、期待《きたい》と絶望《ぜつぼう》の繰返《くりかえ》し、それに耐《た》え続ける姿を見て感激《かんげき》しない者があろうか？

最初の一点は不運としか言いようのないゴールであった。バックのクリアーボールが、ゴール前でバウンドした。キーパーが難《なん》なく処理《しょり》できるボール。だが、グラウンドは固《かた》く乾《かわ》いていた。ボールはキーパーの動きと逆《ぎゃく》の方向にイレギュラーバウンドをして、無人《むじん》のゴールに音もなく深々《ふかぶか》と吸い込まれた。あっという間のでき事だった。誰もなすすべもなく呆然《ぼうぜん》としてその場に立ち尽した。相手チームの選手は歓喜の声をあげて踊《おど》り上がった。彼らのうち誰がシュートしたのでもない、誰がゴールを決めたのでもない。だが彼らは手を握《にぎ》り、肩を抱《だ》きあって、遂《つい》には両手を目にあててオイオイ泣き出した。彼らも純情《じゅんじょう》であった。わがイレブンは泣くに泣けない不運な気持ちで唖然《あぜん》としてその様子を眺《なが》めているのみであった。

だが、その一点を取り返そうという意欲《いよく》がみなぎっていた。その後、ペナルティキックをキーパーが好捕《こうほ》するという超美技《ちょうびぎ》が出て、チームのムードは高まったかに見えた。しかし一方ではイレブンをしっかり結びつけていた目には見えない糸がプツリプツリと切れて行くのも感じつつあった。一点を返そうという意欲が焦躁《しょうそう》に変って行くのも感じた。主審《しゅしん》が時計を見はじめた頃ボールが相手チームに渡った。

一人の選手がドリブルして、われわれの選手の糸の切れ目を縫って走り抜けた。強烈《きょうれつ》なシュートがゴール右スミに蹴《け》り込まれた。万事《ばんじ》休す。とどめの一発だった。主審の笛《ふえ》が、無情《むじょう》にわびしく泣いた。

イレブンは皆頭をうなだれて、ベンチに帰ってきた。だが、誰も泣いてはいなかった。むしろ力の限り闘い抜いた充足感《じゅうそくかん》で表情はおだやかであった。私は、彼らに言った。

「みんな、よく闘《たたか》った！」

それだけしか言葉にならなかった。あとはつまって、彼らとともに涙をこらえて、悲しみをかみしめていた。壬生川工高のイレブンが、喜びの感情《かんじょう》をいっぱいに、監督を胴上《どうあ》げしているのが熱いまぶたに、ユラユラと映《うつ》っていた。もう何も見えなくなってしまって、痛《いた》く息がつまってくるのを知った。

夢は再びはかなくもろく消え去った。この一戦にかけた受験生たちの執念《しゅうねん》も報《むく》われはしなかった。だが、それでも良かったと私は思っているし、彼らも同感《どうかん》だという。全国大会に出たくなかったと言えば嘘になる。だが、彼らはそれに出なくても、それ以上の価値《かち》あるものを身体いっぱいに得ることができたのだから。彼らこそ私が待ち望んでいた「夢のイレブン」そのものであった。

相手チームの監督さんとお互いの健闘《けんとう》をたたえて、堅《かた》い握手《あくしゅ》をした。「よく闘ってくれました」「全国大会でがんばってください」二人は簡単な言葉を交《かわ》わした。沈《しず》み行くやわらかい秋の日ざしを浴びて、目に見えない男と男の友情《ゆうじょう》が通いあった。

全国大会に出場した壬生川工高は「彗星《すいせい》のイレブン」「台風《たいふう》の目」と異名《いみょう》をとってひしめく強豪《きょうごう》を次々に打ち倒して行った。サッカーの僻地《へきち》「四国」にはじめて、準優勝《じゅんゆうしょう》をもたらした。

闘い破れたわがイレブンは汽車に乗り込んだ。私は異常《いじょう》な興奮と精神疲労《せいしんひろう》と、風邪気味《かぜぎみ》とで激しい頭痛に悩まされて苦しんでいた。シートに坐るなり、一時間ばかりも眠り込ん

でしまった。目がさめると、やや頭痛はやわらいでいた。苦しい死闘を繰り返した生徒たちはと見れば、激しい疲労に耐えて一生懸命《けんめい》英語の参考書《さんこうしょ》をひもといている。来る時とちっとも変りない光景が目に映った。

彼らの勉学《べんがく》へのひたむきな姿を目のあたりに見て私は静かにつぶやいた。

「君たちよ。苦しいだろうが、しっかりがんばって勉強してくれ。

今日の苦しみが報われる日が、いつかはきっとくるだろう」

「夢のイレブン」を乗せた列車《れっしゃ》は、闇《やみ》の中を突っ走っていた。

〝スポーツを人生の友に〟

〝スポーツを一日でも早く始めよう〟

〝スポーツを一日でもおそくやめよう〟

7 死んでたまるか

一個の男性が三〇数年も生き長らえていくということは、まったく奇蹟《きせき》にも似た確率《かくりつ》を追い求めている涙ぐましい姿そのものである。

せっかくの男の赤ちゃんですのに

大平洋戦争のまっただなか、春三月、瀬戸の海辺のアバラヤで死んで生まれた男の赤ちゃんがいた。この子は、何というか臍《へそ》の緒《お》を首にぐるぐるまいて、しかもとてつもなく大きな頭をしていた。とにかく戦時《せんじ》中の初産《ういざん》であっただけに難産《なんざん》だった。大戦中のこととて医《い》療施設《りょうしせつ》が十分あるわけでなく、当時どこでもそうであったように自宅で、産婆《さんば》さんの助けを借《か》りてのお産であった。長時間の母子《ぼし》ともども死ぬかという苦闘《くとう》の末、母親の命だけは助かった。白く冷たくなった赤ちゃんを取りあげて産婆さんは、母親の耳元でつぶやいた。

「はじめての赤ちゃんで、しかも男の赤ちゃんですのに残念ですわね――」

その母親は悲しみと落胆《らくたん》のあまり「ああ！」と絶句《ぜっく》し、ハラと大粒《つぶ》の涙を落とした。

産婆は、いちるの望みを託《たく》して死んだ赤ちゃんの両足首をもって逆《さか》さに吊《つ》るした。そして、手のヒラで赤ちゃんのお尻をパシッパシッと叩《たた》き続けた。しばらくするうちに、赤ちゃんに文字通り赤味がさして、蚊の羽音《はおと》のようなかすかな産声《うぶごえ》をあげたのである。

「フニャー」

これが、私のこの世への第一声であった。今でこそ職業がら多弁《たべん》である私も、幼少の頃は無口であったのだ。臍の緒をまいて生まれたので、これを記念して臍からにくづきをとって齊（ヒトシ）と命名された。さらに長じて、中学から大学時代へと落語《らくご》研究にいそしんだ私は、芸名を金万亭出臍《きんまんていでべそ》と名のって高座で名声を博すようになり、遂《つい》には何と、ネーブル・キンマンと名のって英語であやしげなる落語を語るようにもなる。

さて、致死遺伝子《ちしいでんし》をどっさり持って死ぬべくして、しぶとく生まれてきたデベソ坊やは、これで万万歳《ばんばんざい》と順風満帆《じゅんぷうまんぱん》で世の中に船出《ふなで》したわけではない。統計的にも、かろうじて一〇五人の仲間入りをした私には、さらに一〇〇人に減らさるべく数多くの死神《しにがみ》との対決が待ち構えているのだ。さあ、ヘソ坊の運命《うんめい》やいかに。

こっちは生まれよるか知らんけど

私がこうやってこの世に生を受けて三年後、母は次の妹をおなかに入れて、フウフウ言っていた。もう臨月《りんげつ》であった。盛夏《せいか》七月末の猛暑《もうしょ》のさなか、いまかいまかと出産を待っていた。ヘソ坊は、もう三歳。家でゴロゴロしていたが暑くてたまらない。海へ泳ぎにいこうと心に決めた。素っ裸になって、一〇〇歩も歩けばそこはもう瀬戸の海だ。砂浜でカニを競争させて遊んだり、波に戯《たわむ》れたりしてのゴキゲンな夏の昼下がりであった。海水につかって、ユラユラしていると、「夢とロマン」が大きくふくらんでもう満足《まんぞく》そのものであった。

と、沖《おき》を通る大きな船の波がやってきて、ザザンッと、ちっぽけな素っ裸の身体は何の抵抗《ていこう》もなく波に飲まれてしまった。潮流《ちょうりゅう》の中で何度も回転しながら、身体は生命《せいめい》の起源《きげん》「母なる海」に戻っていくのであった。もがき苦しみながら、身体は海の底へと沈んでいった。潮に青白くさし込む太陽の光、ユラユラ揺《ゆ》れる海藻《かいそう》、そして魚の群れ。静寂《せいじゃく》と長い時間。

再びうつぶせになって浮かび上がった身体は、波間《なみま》にたゆとう小舟のようであった。これでもう一度沈んで、再び浮かび上がれば名前が変わる、「ドザエ門《もん》」と。子供だから「ドザ坊《ぼう》」か。

たまたま海辺を通りかかった漁師《りょうし》さん。沖にユラユラ浮いている物体を見つけて目を凝《こ》らした。「ありゃ、何じゃ？」ザンブと海に飛び込み、抜手《ぬきて》を切って近づいて浮遊物《ふゆうぶつ》を見てビックリ！

「あッ、キムラ家のオボッチャマ」

漁師さんは熊手《くまで》のような手で、オボッチャマを鷲《わし》づかみにして、キムラ家へ走る。仰天《ぎょうてん》した臨月《りんげつ》の母親は、わが子を乳母車《うばぐるま》に放り込んでハダシで走る。診療所《しんりょうじょ》へとまっしぐら。近所のおばさんたちが、その光景《こうけい》をみて叫ぶ。

「あんた、もう子供が生まれるちゅうのに、そんなに走ったら、からだに悪いゼ」

狂気《きょうき》した母は自分の大きなおなかと乳母車をさしながら、叫びかえす。

「こっちは生まれるか知らんけど、こっちで死んにょんがおるんじゃ！」

乳母車の中のこっちは、塩水を腹いっぱいに飲み込んで、これまた男の臨月のようであった。

診療所の老医《ろうい》に腹を押されたり、両足つかまれ逆さに吊《つ》り下げられ振《ふ》り回されて腹いっぱいの塩水をゲロゲロと吐《は》かされた。もう、鼻や目の中に塩水が走りぬけて苦しくてしょうがない。かなり意識が回復して、堅《かた》いベッドの上に静かに寝かされた。暗い田舎の古びた診療所の格子《こうし》窓から、うっすらと夕陽が差し込んでいるのが今でもまぶたの裏に焼きついている。

間もなくして、母は元気な女の子を産んだ。これが、死ぬどころかタフに二乗《じじょう》がつくほどのタフで、健康そのもの。子供の頃は、妹の方が私より体格がよくて、いじめられっ子の私が近所の悪童《あくどう》に泣かされて帰ってくると、

「誰が泣かした？　言え！」

妹はすぐさま棒切れをもって走り、ガキ大将《だいしょう》の頭に大きなタンコブを作って兄の仇《あだ》を討《う》ってくるのであった。歌の文句にあったっけ？「泣くな兄貴《あんちゃん》よ、兄貴よ泣くな……」

お前のおかげで恥かいたぞ

易者《えきしゃ》じゃないけれど、「女難《じょなん》の相」とか「水難《すいなん》の相」とかはあるものだと信ずる。幼少の頃は後者で悩まされ続けてきた。前篇は海水であったが、今度は真水《まみず》である。

冬になるとオリオン座がわが家の風呂場の大きなスキ間から見られる。一〇歳になった私は星座《せいざ》などに少し興味《きょうみ》をもっていて、父といっしょに湯舟《ゆぶね》につかりながら、

「お父さん、あの左上の赤く光っているのがベテルギウス、あの右下の青白いのがリゲルだよ。あの三つ星の帯からさげた剣のまん中どころにかかるのがガス状の大星雲《だいせいうん》…」などと言いつつ、親子ともども湯舟の中でブワッと一発二発ガス状の星雲をぶっ放して、大気《き》泡《ほう》を作って「ワッハハハ」「ギャハハハ」と笑うのであった。「湯かげんはどないで?」と母は炊《た》き口に薪木《たきぎ》をくべながら、男親子の不作法《ぶさほう》ににがり切っている。読者はここまで読んで、きっとこう思うだろう。このあと湯舟のフチから彼はお湯の中に落ち込んで溺《おぼ》れるのだと。だが「一寸ぼうし」ならいざ知らず、ここで溺《おぼ》れるには湯舟が小さすぎるのだ。

　五右衛門風呂《ごえもんぶろ》でのオリオン講座《こうざ》でノボセ気味の私は風呂から出て、寝巻《ねまき》に着替え、のどがかわいたので水を飲もうとした。当時は水道というものはなく、壷《つぼ》やカメに入れた汲《く》みおきの水をヒシャクですくって飲むのが常であった。

　ところが不運《ふうん》にも水ガメは空っぽで、一滴もなかった。しかたなく、私は水を飲みたい一心で冷たい北風の吹く庭先に下駄《げた》をつっかけて出た。家の庭先には「筒井筒《つついづつ》、井筒《いづつ》にかけしまろがたけ……」の井戸があり、これには「朝顔にツルベとられてもらい水」のハネツルベがあった。

　ハネツルベを手にもって勢いよくザンッと井戸の中へ叩《たた》き込んだ。井戸の中には、水質《すいしつ》検査《けんさ》の意味も兼《か》ねて数匹の鯉《こい》や鮒《ふな》が飼ってあった。ロッキードで大もうけした元首相の邸《てい》の鯉とは天地雲泥《てんちうんでい》の差で、夜店《よみせ》ですくってきたものだ。でも、流しで洗ったあとの残ったご飯など母が放り込んでやっていたので、よく太っていて気持よさそうにスイスイと泳いでいる。私は木綿《もめん》糸に釣針《つりばり》を結び、ミミズをつけてこの鯉や鮒たちを釣りあげては健康診断《けんこうしんだん》をしてまた井戸に返してやるのが楽しみな遊びの一つでもあった。

ツルべで水を汲《く》みあげて、そのままゴクゴクゴクゴクと飲むと冷やかにのど元を通りすぎて本当にうまいものであった。そのあとやめればいいものを、私は私の可愛い鯉や鮒たちとおやすみのあいさつをしたくって、再びツルべを水中にさし込んで、それをゆすりながら太郎に花子、と勝手に名付けた魚たちにツルべの柄《え》でおやすみのキッスをさせていたのだった。と、井筒《いづつ》が濡《ぬ》れていて、しかも私はぐんと腰を折り曲げて上半身をぐっと井戸の中に差し込んでいたものだからツルッとすべった。そのまま勢い余ってドボーン！　約五メートルほどの井戸の中へ真逆《まっさか》さまに落下《らっか》。水面に達すると同時に、ツルべで頭をしこたまコーンと打ち、水の中で慌《あわ》てふためいて、アップアップと水を飲みながら沈みつつあった。

台所にいた母は息子のいないのに気づいた。しかも、今さっき庭先の方で「ドーン」という鈍《にぶ》い音。あの音何かしら、不気味《ぶきみ》だわ。でも、気になるなあ。彼女は恐る恐る庭へ出た。井戸の中からバシャバシャと激《はげ》しい水音。まあ、今夜の魚たちはとてもハシャいでる。

宴会《えんかい》でもやってるのかしら。井筒から井戸の中を覗《のぞ》き込んでビックリ！

「まあ、息子までいっしょになってハシャいでるわ」

騒《さわ》ぎを聞きつけた父が、そのまま風呂から飛び出した。生まれたままの姿で、ダダッと庭先へ。「息子はそこにオリオンか。セガレよ。俺も仲間に入れろ」とばかり、彼もザンブと井戸の中へ。井戸の中は過密状態《かみつじょうたい》になった。父は私をおぶって狭《せま》くて深い井戸の中で立ち泳ぎをしていた。そして、それを取り巻く鯉や鮒たち。井戸の中で大宴会《えんかい》。さらに母の「大変、たいへん、助けてェー!!」の声を聞きつけた近所の人たち。うちの庭先は黒山《くろやま》の田舎報道陣《いなかほうどうじん》。そして彼らは声をそろえて、

「これが、本当の親子ドンブリ！」

近所から多数のハシゴが寄って来て、出初《でぞ》めの賑《にぎわ》い。ハシゴ二つを荒縄《あらなわ》でしばったのが、井戸の中へ差し込まれる。息子をおぶった父の巨体《きょたい》がミシミシとハシゴをきしませながら登る。オールヌードで報道陣の前に登場。前を隠《かく》しながら父はペコペコ。そして、私の頭をこづきながら

「お前のおかげで、恥《はじ》かいたぞ！」

私は、ツルベでしこたま頭を打ったうえに、おまけにその上をこづかれたので痛くて痛くて全くの「泣《な》き面《つら》にハチ」であった。冷え切った身体をもう一度父と風呂に入って温《あたた》め

ながら、風呂場のスキ間から夜空をのぞむと、もうそこにはオリオンはなかった。
翌朝、井戸の中を覗《のぞ》いてみると一緒に落ち込んだ下駄《げた》二つが浮いていてそれを鯉たちがつついて遊んでいた。

正義は常に勝つのじゃ

井戸事件ののち、私は次第に腕白《わんぱく》時代を失っていく。今度は病魔《びょうま》に侵《おか》されはじめるのだ。長い間の足の病気、友だちとも余り遊べない一人ぼっちの少年。そして刻々《こくこく》と迫り来る足の痛み。小学校半ばより、中学時代へかけての異常《いじょう》な苦しみ。遂《つい》に手術。遅々《ちち》とした回復《かいふく》。私のY染色体はもうなくなってしまったのではないかと思われる程の無気力《むきりょく》、消《しょう》極《きょく》さ。とにかく十代の大半は決して男性的ではなかったのだ。

Y染色体のもつ行動力、冒険心が回復するのは大学に入ってからである。健康を回復した大学時代は自然を求めて山に登り、海に潜《もぐ》り、河を渡り、野を走った。だが、行動力、冒険心の裏側には常に死神《しにがみ》がついてまわる。前にもふれたように大学四年の秋、海の崖《がけ》から転落したのがそれである。死神との戦い、それは凄絶《そうぜつ》を極《きわ》める生と死の戦いであり、凄《せい》惨《さん》そのものである。転げ落ちようとする身体はそれを阻止《そし》しようとする。重力《じゅうりょく》に従って落ちようとする物理的《ぶつりてき》な力に対して本能的《ほんのうてき》に身体を落下《らっか》させまいと自分の生理的《せいりてき》な力で抵《てい》抗《こう》しようとする。とっさの時に摩擦係数《まさつけいすう》など計算する余裕《よゆう》もないが、とにかく自分の身体のできるだけ多くの部分をこの急斜面《しゃめん》にこすりつけて、少しでも落下を防ごうとする。そして、何と！　自分は思わずこの広い丸い顔を凸凹《でこぼこ》の鋭《するど》い、しかも砂礫《されき》の混じった岩盤《がんばん》にガリガリとこすりつけながら落ちることになるのだ。その甲斐《かい》もむなしく身体が宙《ちゅう》に浮く時、再び落下地点に達するまでに精いっぱいのことをしている。落下地点には二つの大きな岩盤《がんばん》が上に向って牙《きば》をむいている。そのどっちかにでもぶつかれば万事休《ばんじきゅう》すである。ところがどっこい悪運強い私は身体を精一杯にねじってその岩と岩の間のクレバスに落ち込んだ。しかも運のいいことにその時が満潮時《まんちょうじ》であって、海水の抵抗のため更《さら》にその下で牙《きば》をむいている岩に激突せずに済《す》んで、命びろいをしたのだ。またまた運のいいことにこの淋《さみ》しい岬《みさき》の突端《とったん》で途方《とほう》にくれて、波の砕《くだ》ける冷たい岩礁《がんしょう》の上で悄然《しょうぜん》となっていたとき、漁《ぎょ》舟《せん》が通りかかった。運と不運、生と死は全く紙一重である。九死に一生を得て傷だらけの身体は、数日の加療《かりょう》ののち繃帯《ほうたい》を顔や腕《うで》にいっぱい巻いて広島へ急いで帰った。大学へ帰るとさっそく教育実習が待ち受けていたからだ。担当教官は、繃帯でグルグル巻きの面妖《めんよう》な私の風体《ふうてい》を見て言った。

「君はそんな様子だから教育実習の授業をしなくてよろしい。ただ、同級生の授業を見学して、あとでレポートを出してくれれば単位《たんい》をあげます」

対象《たいしょう》は小学生であった。小学生は好奇心《こうきしん》が強い。だから実習《じっしゅう》の先生に物すごく興味がある。今度の先生はどんな授業をしてくれるか、フィアンセはいるのかいないのか、トチッたらいじめてやろう。だが、今度は勝手がちがう。前で授業している教生《きょうせい》の先生より、うしろで見学している人たちに混じって一人変なのがいる。あれに興味《きょうみ》がある。繃帯《ほうたい》だらけのミイラか、フランケンシュタインみたいな小さな男、デストロイヤーみたいに目と耳と口しか出していない男。あれは何者ぞ？　小学生たちはちっとも前の先生の授業を聞かないで後ろばかりキョロキョロふり向く。一生懸命《けんめい》授業している実習の女の先生は、机をバンバン叩《たた》きながらヒステリックに叫ぶ。

「前を見なさい。前を！」

終業のベルが鳴る。前にいる先生を放っぽり出して、子供たちがドドッと私の方へ群《む》らがってくる。

「先生、その繃帯どうしたん？」

私は崖《がけ》から転落《てんらく》したとも言い出し難《がた》く、

「こないだの晩、広島の街歩きよると、悪い男たちがきれいなお姉ちゃんに因縁《いんねん》をつけて、お金を巻きあげようとしとったんよ」

「それで？」と子供たちの輝く眼差《まなざ》し。

「それでなあ、俺、助けに入ったんよ。ところが、向こうがワルでなあ、チェーンやナイフ持っとって、このとおりよ」

「それで姉ちゃん助かったんか？」

「うん、向うの二、三人殴《なぐ》り倒したら、皆な逃げ出して、姉ちゃんもありがとう言うとった」

「ウワーッ。カッコええのおー。先生の腕《うで》太いのおー」

それもそのはず、ひどい傷で肉がえぐれて十針縫合《じゅっはりほうごう》。丸太棒《まるたんぼう》のように腫《は》れあがっていてその上繃帯《ほうたい》ぐるぐる巻きだから太いはずじゃ。

「先生、腕さわらしてもろてええか」

「うん、ええぞ」

子供たちは遠慮容赦《えんりょようしゃ》なくこの痛み疼《うず》く腕をギュッギュッとつまむ。

「おーい。みんな。先生が腕さわらしてくれるぞー」

他の連中まで呼ばなくていいのに、校庭で泥《どろ》遊びまでしているのまで走ってきては次々に、私の細腕につかまる。私は痛みに耐《た》えこらえながらエエかっこして、のたもうた。

――正義《せいぎ》は常に勝つのじゃ。

毎日のように子供たちの泥んこの手でさわられて真黒になった腕の繃帯を取り替えなが

ら、看護婦《かんごふ》さんはヒステリックに叫んだ。
「毎日、きれいな繃帯してあげるのに、いつも泥だらけにして。あんたは一体毎日何して遊びよるんですか！」

今年の風邪《かぜ》はどうなっとんじゃ

それは冬の寒い日であった。しかも不吉《ふきつ》な金曜日。その年の金曜日は午後は授業のない時間割だった。午前中二時間の授業を済《す》ませて、それからはずっと準備室《じゅんびしつ》で机に向ってテキスト作りに熱中していた。私のうしろでは「アラジンの魔法《まほう》のランプ」とあだ名された怪《あや》しげなガスストーブがぼんやりとほそぼそ燃えていた。

準備室に出入りする先生方や生徒たちは、それとはなしに、「この部屋は臭《くさ》いわね」と言っていたが、たいして気にもせず仕事に没頭《ぼっとう》し続けていた。放課後近くになって頭の芯《しん》がズキズキ痛み出して、気分が悪くなり、風邪をひきかけたのかなと思われた。放課後のチャイムが鳴ると、着替えてサッカーに出るのが日課《にっか》だがそれが億劫《おっくう》であった。頭がさらにガンガン痛み出したので風邪をこじらせてはならじと、先生方に「お先に、失礼します」といって早びけをした。ボンヤリとした頭で学校の暗い廊下を通り抜け、玄関に出て冷たい空気に触《ふ》れながら、バス停まで歩き始めるとなぜか身体がシャキッとして気分が爽快《そうかい》になった。もうこれなら風邪も治った、また学校へ戻ってサッカーしようかと思いはじめたところへバスが来た。条件反射的《じょうけんはんしゃてき》にバスに乗ってシートに座るとまた風邪がぶり返す。気分が悪く頭が重く痛くなる。前後不覚《ぜんごふかく》になってバスのシートにうずくまるようにして眠《ねむ》り込んでしまった。家の近くの峠《とうげ》にさしかかって眼が覚めたが、胸がムカムカして吐《は》き気がする。それにしても今年の風邪はどうなっとんじゃ。寒い所では気分が良くて、暖房《だんぼう》の効いた所ではムカつくとは？

家に帰ると、妻がびっくり。それも道理《どうり》だ。いつも日がとっぷり暮れて帰るのが、まだ日の高いうちに帰るから、いぶかしく思うのも無理はない。

「あなたいったいどうしたの。こんなに早く帰って？」

「ウン、風邪をひいたらしくて頭が痛くてなぁ。早びけした」

「そういや、あなた顔色がいいいわよ」

なに？　こちらが風邪ひいて苦しんで帰ったというのに顔色がいいとは何ごとぞ。

「でも、早く帰ってくれて嬉《うれ》しいわァ」

あまり妻が喜ぶので、私も久しぶりに早く帰ったからには家事《かじ》の一つでも手伝ってやろうと、風呂焚《ふろだ》きをしてやることにした。炊《た》き口へ行ってマッチをすって薪木《たきぎ》を燃やしははじめると、身体がズシーンと重くなって、急に身体が動かなくなってしまった。薪木をもった手が重くて、どうしても炊き口まで動かないのだ。おまけに目がチカチカして、意識が朦朧《もうろう》としてくる。こりゃいかん、これは風邪ではない、一酸化炭素中毒《いっさんかたんそちゅうどく》だと思いあたったのはその時だ。私は這《は》うようにしてやっとの思いで、茶の間まで行ってゴロッと倒《たお》れた。

そして、声にならない声で妻を呼んだ。

「ケーコ。ケーコ。洗面器《せんめんき》をくれェ――」

これは、酒の弱い私が酩酊《めいてい》して帰って嘔吐《おうと》をもよおしたときにいつも発するコトバである。妻はこの時「まあこの人は昼間から赤い顔をしてると思ったら、酔《よ》って帰ったのだわ。いったい何という人でしょう!?」と思ったに違いない。だが、私の顔の赤いのはアルコールのせいではない。一酸化炭素《いっさんかたんそ》はヘモクロビンと結合《けつごう》するとピンク色になって頬《ほほ》を紅潮《こうちょう》させるのだ。慌《あわ》てて妻が洗面器を私の枕元《まくらもと》まで持ってくると、もう待ち切れなくてすぐさま胃の中のものをゲーゲーと吐《は》き続けた。吐きに吐いてもう吐くものがなくなるほど、遂《つい》には黄色い胃液《いえき》まで吐き出してしまった。さらには胃そのものさえオェーと吐きだすのではないかと思うほどの苦しさ。頭は割れるようにガンガン痛く、意識がフッと途切れるようになって三途《さんず》の川を渡りかける。「黄泉《よみ》の国」はすぐそこだ。私は虫の息で、やっとのこと妻にこう言った。

「ガス中毒らしい。ドクターを呼んでくれ」

ドクターはしばらくしてノコノコやってきた。診察《しんさつ》もろくすっぽしないで、

「なるほどガス中毒らしいですな」

太い注射《ちゅうしゃ》を二本ブスリとつきさして言った。

「もう少しガスを吸えば、手遅《ておく》れになるところでしたなァー」

やっとの思いで私は死神を蹴《け》飛ばしたのだ。

私の死神との交友の履歴《りれき》はこれで終わったわけではない。ほかに大怪我《けが》、交通事故などの体験《たいけん》をあげればまだまだ話は続く。

最後にひとこと。

「人間生きるということは、とても苦しくつらいことだ。だが生きていれば、嬉《うれ》しいことや楽しいこともきっとあるだろう。今、生きていることを大切にしたい。死んでたまるか！」

8 男の世界

あかね、あおいと娘が二人立て続けに生まれた時、私はもうこの時点で、男の子を一一人つくって世界的サッカーチームをつくるという夢は捨てた。そして、三人目もきっと女の子が生まれるものと信じ切っていた。

ところが、なんと妻はコロコロと肥えた男の子を生んでしまった。若葉の芽吹《めぶ》く春のことである。その朝、妻は大きなおなかをかかえて、周期的《しゅうきてき》に訪れる陣痛《じんつう》に苦痛《くつう》の顔を歪《ゆが》めていた。妻を産院に送り届け、学校へ出た。その日は、午前中授業がつまっていた。授業を終えてお昼の休みに生物準備室に帰ると、同室の先生方が声をそろえて言った。

「木村先生、おめでとう。男の赤ちゃんが生まれましたよ」

その言葉に一瞬《いっしゅん》ギクッとなりながらも、すぐにこれは私をだまして皆で笑おうとしているのに違いないとみてとって知らんぷりをしていた。そして、彼らの言葉を無視《むし》して、昼休みのスポーツにと中庭へバドミントンに出かけた。シャトルコックに打ち興《きょう》じている私

を見つけて窓から事務員《じむいん》さんたちが、

「木村先生、よかったわね。男の赤ちゃんで」とこれまた、グルになって私をからかう。あまりに寄ってたかって、男だ、オトコだ、男の赤ちゃんだとうるさい限り。私はムキになって、

「皆さんはいったい何の証拠《しょうこ》があって僕をそんなにからかうんですか?」と反駁《はんばく》した。

「でも、病院から何度も電話があったわよ」といっせいに答える。これはひょっとして本当かも知れんなと思って、自転車をこいで学校から五分とかからない病院へいってみた。玄関《げんかん》で母がにらんでいる。

「もお、ずっと前から何度も電話しているのに何で来なかったの」

「皆の言うのが嘘《うそ》だと思って」

「赤ちゃんが生まれたのに嘘《うそ》言うはずないでしょ」

「でも、女の子が生まれると思ってたから」

「思って、男や女の子が生まれたら世話はないわ！　さあ、あなたの期待《きたい》と全く違うけど元気な男の赤ちゃんよ」

　ペタペタとスリッパを鳴らしながら、部屋に入ると妻のそばで真赤な顔をした玉のような赤ちゃんが寝ていた。

「あなた、男の子よ、いい名前を考えてね」ニコッと笑った。私は心の底で「ありがとう」とつぶやいた。本音《ほんね》は、いっしょにボールの蹴《け》れる男の子が欲しかったのだ。しばらくそばにじっと立っていると、妻と赤ちゃんが次第にぼやけて焦点《しょうてん》が合わなくなっていった。その数日後、木村家の父娘が鯉《こい》のぼりをおっ立てて町じゅう走り回ったという噂《うわさ》が乱れ飛んだ。

これにて一件落着《いっけんらくちゃく》

男の子が生まれたということが生徒たちの間にも広まった。

「先生、名前はどうするの」

「まだ、つけとらんよ、今度は、男子誕生記念として皆から名前を募集しようかな？」

これで、授業にいってるクラスがワッと沸《わ》いて、おまけに他のクラスの知らない生徒たちまでが名前を持ってくる始末。私は気持ちとして、サッカーに縁《ゆかり》のある名前がいいなあと言っておいたので、次のような名前が傑作《けっさく》であったと思う。鞠夫（まりお）・鞠太郎（まりたろう)・鞠吉（まりきち）などボールにちなんだもの。十一（といち）・異例聞（イレブン）・拾一郎（じゅういちろう）などサッカーの人員イレブンにちなんだもの。菊（キック）夫・就登（シュート）・周太（シュータ）・郷留（ゴール）などプレー内容に関したもの。苦楽麻（クラマー。西ドイツのサッカーコーチ、日本サッカー育ての親）・平礼（ペレ。言わずと知れた、サッカーの神様）・別件婆（ベッケンバウワー。もうこうなると別件容疑《ようぎ》で逮捕《たいほ》された婆《ばあ》さんだ）など名選手のあて字など。さらに加えて作家・咲花（まさしくサッカーそのもの）。

咲く花の如く、珍名奇名が登場したが、父親の好みで余りサッカーを押しつけるのも可《か》哀想《わいそう》と思い、結局、青葉若葉のみずみずしい季節に産声《うぶごえ》をあげたので、従来通りの植物の名前をつけて瑞樹《みずき》とした。

授業にいってるクラスでこの名を発表すると皆が大きく拍手をしてくれて、瑞樹の成長すこやかならんことを祈ってくれた。

なるほど男の子は女の子と違う。病気しやすい、怪我《けが》が多い。男の子を育てるのは、本当に難しい。しかも、腕白《わんぱく》である。でも、この腕白さが男の子を肉体的にも精神的にも成長させる栄養剤《えいようざい》だと思っている。

わが家では女たちは早く寝て、早く起きる。妻ときたら猛烈《もうれつ》な早起きで真冬でも五時には起きる。ところが、男たちときたらこの反対で典型的《てんけいてき》な「宵《よい》っぱりの朝寝坊《あさねぼう》」。私と三歳になる息子は夜を徹《てつ》して（？）話し込んだりする。今夜も男同士の対話がはじまる。妻や娘たちはもうはやグァグァと鼻イビキなどかいて寝入っている。いま風呂から上がったばかりの、男性二人は寝巻きに着替えながら人生論《じんせいろん》を闘《たたか》わしている。

「瑞樹よ。お前はどんな人を尊敬《そんけい》しとる。将来《しょうらい》どんな人になりたいか？」

「おとうさん。ぼくはの、とおやまのきんさんがすきなんじゃ。ぼくは、とおやまのきんさんみたいになりたいと、おもとる」

「そうか、瑞樹、お前は遠山の金さんみたいになりたいか。そしたら、遠山の金さんみたいにしてやろうか」

「うん、おとうさん、ぼく、ぼく、きんさんみたいにして」

「そしたら、お前、寝巻きを脱《ぬ》げ」

私は茶目ッ気を起こして、両肌《もろはだ》脱いだ瑞樹の湯上がりのポチャポチャした白い肩《かた》に、そばのマジックインキをとりだしてさっそく桜吹雪《さくらふぶき》を画きはじめた。息子は「こちょばい、こちょばい」と身をよじりながらも、遠山の金さんになりたい一心で、結構我慢《けっこうがまん》をしてくれた。桜の花は五弁でしかも、花弁の先が二つに割れているのでいざ画くとなると、とても面倒で時間がかかる。両肩《かた》に見事な桜吹雪を画きあげるのには三十分もかかったろうか。桜吹雪のできあがった「とおやまのきんさん」はもう大喜びで、寝巻きを両肌パッと脱《ぬ》いでは、

「これにて、いっけんらくちゃあーく」とテレビで覚えたセリフを言い出す始末《しまつ》。かくして、夜は更《ふ》けていった。

朝、女どもは早く起きている。私と息子は夕べの遊びがたたって目覚めが悪い。階下《かいか》から娘たちの「早く起きなさいよ」の声でやっとこさ寝ぼけまなこをあける。私は息子を着替えさせてやる。ここでも彼は「これにて、いっけんらくちゃあく」と叫《さけ》ぶ。二人は朝の食卓につく。「ごちそうさま。いってきます」で私はバスに乗る。私はその日が何の日であるか知らなかった。ところが、妻は私と娘たちを学校や幼稚園《ようちえん》へ送り出したあと、今度は息子を連れて幼稚園へと向かった。何とこの日は三歳児入園のための健康診断《けんこうしんだん》の日であったのだ。彼女は彼の手をひきながら話しかけている。「瑞樹いいこと？　今日は幼稚園へ入るための身体検査の日ですからね。幼稚園へいくとお医者の先生がいるけど、今日は注射《ちゅうしゃ》しないからね。泣かないでかしこくしているんですよ」

息子はうんうんとうなづきながら神妙《しんみょう》について行く。幼稚園の玄関にはお母様方や子供たちが大勢《おおぜい》集まってガヤガヤ。

余談《よだん》になるが、私の町の幼稚園の三歳児入園には定員があって、くじによる抽《ちゅう》センで入園児の決定ということであった。これは不合理だということで、「母子愛育会《ぼしあいいくかい》の会長」をしている妻が先頭に立って町中のお母さんたちやおばあさんたちを引き連れて町長の所まで団交《だんこう》を迫り、結果的に全員入園を決定させたのであった。そういうこともあって妻は町中のお母さんたちに感謝されて、最終的には「幼稚園ＰＴＡ会長」にまで推挙《すいきょ》されたのである。ちなみに、彼女は前記二つの肩《かた》書きの他に「町教育委員」、「小学校ＰＴＡ副会長」などという肩書きも持つのである。それにひきかえ、私は何の肩書きもなく、肩身がせまい。

看護婦さんが皆に向かって大きな声で叫んだ。「皆さぁーん。それではこれから診察《しんさつ》が始まりますので子供さんの上半身脱《ぬ》がせて準備してくださーい」

妻は早速息子の服を脱がしにかかる。「これにていっけんらくちゃあく」息子は今さっきからこればかりブツブツ繰《く》り返している。妻はいぶかって「一体この子何を考えてるのかしら？」

そして、最後のシャツを頭からスッポリと脱がして「ハッ！」と息を飲んだ。

——そこには見事な桜吹雪《さくらふぶき》があった。

瑞樹は大きな声で、両手を拡げて叫んだ。

「これにていっけんらくちゃあーーく」

その声に驚《おどろ》いた他の母親たち、誰もがハッと目を見開いた。それに続いて笑い声。妻は周章狼狽《しゅうしょうろうばい》しながら大急ぎで手洗い場へ息子の手を引いて走った。水を流して消そうと思ったが、何しろ相手は油性《ゆせい》のインキ。いくら拭《ふ》いてもとれるはずがない。看護婦さんは大きな声で叫んでいる。「キムラミズキさぁーん。いないのですかぁーー」

妻はしかたなく真赤な顔をして、息子を連れて医師の前に出た。また、これが無口で笑わないので有名な先生。ところが、息子の姿を見て笑い転げる看護婦さんたちにつられて、先生もたまりかねて「ワッハッハ」聴診器《ちょうしんき》を当てながら「立派な身体をしてますなァ。桜吹雪もなかなか見事ですなァ。ウワッハッハ」

彼女は穴があったら入りたい気持ちで額の汗をぬぐいながら耐《た》えていた。このあと町中にこの噂《うわさ》がアッと言う間に広まったのは言うまでもないことだが、肩書きのたっぷりある妻から、ノンタイトルの亭主《ていしゅ》が「あなた、遊び、ふざけるのもいいかげんにしてください！」と叱責《しっせき》を

受けたのも紛《まぎ》れもない事実である。

男の子は病気、怪我《けが》をよくする。ある冬、股《また》の関節炎《かんせつえん》で二週間ばかり病院通いをした。その時は私のように足の大病にならないでくれと祈り続けた。ズシリと重くなった子供をおんぶして病院の門をくぐる時、私の少年時代を支えてくれた両親の気持ちが痛いほどわかった。彼は早期治療《ちりょう》もあって大事に至らず、今ではその跡《あと》かたもなく元気で走り回っている。

彼は学校のグラウンドへいってよく遊び、泥んこになって帰ってくる。ある日の夕方ワァワァ泣きながら帰ってきた。彼の顎《あご》から血が流れている。学校のサッカーゴールの倒してある上で遊んでいて、転落し顎から地面に落ちたらしく、割れて砂をかんでいる。大慌《あわ》てで車に乗せ病院へかつぎこみ五針ばかりも縫《ぬ》った。

またある日、家の前の狭《せま》い路地から道路へ飛び出し、その時走ってきたトラックにはねられ、しかも小さな身体はトラックの真下に転《ころ》がり込んだ。人のよさそうな運転手さんは急ブレーキをふんだ瞬間《しゅんかん》「あッ、人を殺した」と身体からサッと血の気がひいたという。でも息子は車体のちょうど真下でひっくり返ってかすり傷一つ負わずに泣いていたという。まったく運の強い奴だ。この「悪運《あくうん》」の強さは父親譲《ゆず》りのようである。

男の子は腕白《わんぱく》とはいえ女には弱い。もう姉ちゃん二人にはいじめられてばかりいる。上にはあかね、あおいと名前からして赤鬼・青鬼みたいな姉ちゃんが堅《かた》く結束《けっそく》している。何かすると弟は爪《つま》はじきにされて、そして泣かされる。ここでも男はじっと耐《た》えようとする。姉二人の遊びからいびり出された弟は、スッと立ってわれわれ夫婦のそばへよってくる。泣くのかなと思ってみていると、ワーンと泣きもせず頭を垂《た》れてこぶしを握《にぎ》って口をキッと結びワナワナと何かに耐えるように震《ふる》えている。そして閉じた眼からは一つ二つと大粒《つぶ》の涙。カッと眼を見開くと、握りしめた右のこぶしで涙を拭《ぬぐ》い、ポツリとひとこと。

「もお、すんだ」

そしてまた、姉ちゃんたちの遊びに入れてもらうべく懇願《こんがん》にいくのである。こんな時、「男は泣かずに耐えるのだ」ということをわが子から教え諭《さと》されているような気がする。

瑞樹は父親がやっているサッカーに興《きょう》味《み》を示し出した。わがフットボールクラブのユニホームとそっくりなのをスポーツ店に無理に頼み込んで彼に作ってやった。しかも、背中には私と同じ「7番」をつけてやった。家に帰ると二人で大小二個のボールをもって、おそろいのユニホームで学校のグラウンドへボールを蹴《け》りに出かける。

「ぼく、おおきくなったら、おとうさんのサッカーチームにはいる」と嬉《うれ》しいことを言ってくれる。しかもそれもつかの間、二人で数回ボールを蹴りっこすると、「もお、すんだ」とひとこと。そのあと彼は近所の子供たちと砂遊びをしたり、ブランコしたり。

遊びに取り残された父親は、泣かずに耐えながら一人淋《さみ》しく、物言わないコンクリートの壁に向ってボールを蹴り続けるのである。

私の腕白《わんぱく》時代

私には腕白時代はあったのだろうかと回顧《かいこ》してみる。少年時代の大半は足の病気に犯されて腕白時代は無かったと言ってもよい。しかしそれ以前は結構腕白であったとも思う。足の痛みで自由がきかなくなったのは小学半《なか》ばから高校時代前半ごろまでであるから、その時以外は結構腕白さを発揮していたようだ。

きかん坊であった私は小学校へ入ってから、宿題《しゅくだい》というものが嫌いでしかたがなかった。宿題をする間でも遊んでいたいという気持ちがあったからだ。絵を描いておいでとか、工作をしておいでという宿題なら遊びみたいなものだから大好きで、先生もアッと驚くようなものを創《つく》って持っていった。ところが、算数で今日習ったところを復習《ふくしゅう》しておいでとか、国語で今日習った漢字を五〇ずつ書いておいでとかなるともうまるっきり駄目《だめ》で、ちっともしなかったものだ。とはいうものの担任《たんにん》の先生は女だが気丈《きじょう》な人で、宿題などせぬ生徒には容赦《ようしゃ》しなかった。教室の後ろに宿題成果表《せいかひょう》なるものを張り出して、提出者《ていしゅつしゃ》は〇印、不提出者は×印をつけられた。ほとんどの者は〇の行列で恰好《かっこう》が良かった。ところが×ばかり並ぶのは私ともう一人のキムラ君であった。二人の木村君は毎日のように罰《ばつ》として教室の前や後、または廊下《ろうか》に立たされた。時には堅《かた》く冷たい板床《いたゆか》に長時間正座《せいざ》させられたこともあった。

ところが、もう一人の木村君は家の人や友人の助けをあおいでたまに宿題をしてくるようになったのだ。「裏切者《うらぎりもの》め！」というわけで、×印は私にだけ並ぶようになった。もう罰《ばつ》をくらって立つのは一人だけになってしまい淋《さみ》しい限りだった。

ある日、業《ごう》をにやして先生はこういった。

「今日の宿題をして来ないと、お父さんやお母さんに来てもらいますよ」

その宿題は今日の算数の計算をもう一度復習しておいでというものであった。この時、生意気《なまいき》な私はこう思っているのだった。この計算をもう一度するということは書き写せば済むことではないか。これはちっとも発展性《はってんせい》のないことだと。そして私は家に帰るとかばんを放っぽらかして、八幡様《はちまんさま》の裏山《うらやま》へいって木に登って遊んでいたのであった。そこを帰途《きと》の先生が通りかかって声をかけた。

「きむら君、宿題済んだ？」

「はあーい」

返事だけは良いので、先生も苦笑《にがわら》いをしながら通り過ぎた。翌日宿題提出ということになった。さあ困ったぞ、やってない。ノートを開いてみると昨日解《と》いた計算は全部できていたので真ん中に大きな三重丸をくれている。僕はとっさに妙案《みょうあん》が浮んで、その三重丸のところを小刀《こがたな》でくり抜いた。そして素知《そし》らぬ顔をして皆の後ろに並んだ。僕の番が来た。サッとノートを提出、サッと引っ込める。立ち去ろうとする。先生がキッとにらんでカン高い声で叫ぶ。

「お待ちなさい！」

「はあーい」

「はあーいじゃありません。そのノートは何ですか？」

「宿題です」

「もっと、しっかりお見せなさい。この真ん中の穴は何ですか?」

「破《やぶ》れたんです」

ノートが勝手《かって》にこんなに小器用《こぎよう》に丸く破れるはずがない。しかもパラパラとめくってみると、この計算は一通りしかない。宿題をやってれば二通りはあるはずだ。バレてしまえばしかたがない。

烈火《れっか》のごとく怒った先生は皆の前でクラスで一番ちっちゃな私を背負《せお》い投げで二三回投げ飛ばしたあと、首っ玉を小犬のようにつかんで窓の外に投げ出した。

「そこで立っていなさあーい」

「はぁーい」

そこは廊下《ろうか》でなく、校舎《こうしゃ》の外であった。はじめてだなあ花壇《だん》の中に立たされるのは——。

また宿題が出た。しかも明日は運動会。だから今度の提出はあさってということ。それも漢字の書き取り。運動会で熱中するし疲《つか》れるからこの宿題は誰もが忘れてやってこないだろうと夕カをくっていた。ところがその日、ほとんどの者がやってきている。何ちゅうこっちゃ、鬼《おに》じゃの——。それでも、やはり何人かはできずに来ている。お、仲間がおるぞ、心強いわい、と思ったのもつかの間、彼らは一生懸命《けんめい》宿題の書き取りを大急ぎで始めたではないか。これは困った。何とか阻止《そし》せねば。ちょっとでも仲間として引き止めておこう。私は宿題をしている連中の机間《きかん》を巡視《じゅんし》して、偉《えら》そうにのたもうた。

「宿題ちゅうもんわの、字ィ見てもわかるよーに家でするから宿題ちゅうんで、学校でするもんとちがうんぞ」

宿題を英語でhome work（ホームワーク）というのは後になって知ったことで、自説《じせつ》の正当《せいとう》さを改めて確信《かくしん》した。ところが、今も昔も変わらないが、女の子は告げ口《つぐち》が好きだ。スピーカーみたいな女の子がこの光景《こうけい》を見て早速《さっそく》、先生に伝えた。

頭から湯気《ゆげ》を立て、真赤な顔をして先生が飛んで来た。そして私の首っ玉を鷲《わし》づかみにして廊下を引きずりながら、「いったい、あんたは何べん言うたらわかるんですか?」と職員室の方へ連行していった。

連れてこられた所は泣く子も黙《だま》る校長室である。先生は何度も何度もおじぎをしながら、校長先生に私の非行ぶりを述べていた。校長先生はうなずきながら「うん、私からよく注意しておこう」とひとこと返事した。私は担任の先生から「ここに一時間坐《すわ》ってよく反省《はんせい》しなさい」と校長室の隅《すみ》に正座させられた。こんなとこに坐るのは初めてだなあ、と思って校長先生を見ると彼は急ぎの用事で机に向かって何か書き物をしておられた。あれが済《す》んだらしこたまお説教《せっきょう》だなとちょっぴり萎縮《いしゅく》していた。でも、やっぱり宿題はしたくないなあ……。と、頭の上で電話のベル。リーン、リーン。校長先生はと見るとしばらく手の離せない御様子《ごようす》。見るに見かねて、僕はスックと立ちあがり、旧式箱型《きゅうしきはこがた》電話の受話器《じゅわき》を取った。背伸《せの》びをしながら「校長先生は、今お仕事中で手が離せませーん」と送話口《そうわぐち》に向かって叫《さけ》んだ。やおら校長先生が机から立って、「おー、よしよしわしが出る」と受話器を受け取る。そして私はまた電話の真下《ました》で正座。通話を終えた校長先生は、「やあ、ありがとう。助かった」と話しかける。

「それにしても、君ィそんなとこに坐《すわ》っとらんとこっちへ来てかけなさい」とフカフカしたソファにかけさせてくれる。

「君はなかなか、しっかりしていて面白いのお。まあ、お茶でも飲め」

校長先生は私に宿題のお説教《せっきょう》をするのを忘れてしまって、二人で楽しくお茶を飲みながら雑談《ざつだん》になってしまった。そして、授業終わりのベル。ドタドタと廊下を走る多くの足音がこちらへ近づく。校長室の窓の向こうに飛びはねる頭、あたま、アタマ。クラスメイトたちが木村君の様子いかん？　と偵察《ていさつ》に来たのである。何しろ、今まで校長室へ坐らされた者なんておらんのだから大事件《だいじけん》であった。私は校長先生の「また遊びに来いよ」という声を背中《せなか》で聞いて、部屋を出た。ドドッと皆が私に群《むら》がり、口々に話しかける。

「どうだった？」

「校長先生にどんなにおこられた？」

「おそろしかったやろー」

私は彼らに答えて、得意満面《とくいまんめん》で言った。

「ぼく、校長先生と仲良《なかよ》しになったぜ。なんちゃおそろしないぜ。お茶も飲んだぜ。また遊びにいくぜ」

再度《さいど》、女の子登場。女の子は告げ口が好きだ。ラウドスピーカーがこのことをまた先生に密告《みっこく》にいった。もう今度は足の先から頭のてっぺんまで煮えくり返った彼女が廊下《ろうか》をドタドタ走って来て、私の耳をひっぱって校門から放り出しながら額《ひたい》に青すじ立てて怒鳴《どな》った。

「家へ帰って、お父さんお母さんを呼んで来なさあーい」

「はあーい」

家へ帰ると両親は石材《せきざい》の仕事で工場へ出ていたのでおりはしない。しかたなく、半日家でブラブラして遊んで過ごしていた。そのうち放課後《ほうかご》になって級友たちがうちへ大勢やってきて私を呼び、しかも両親の方へも伝令《でんれい》がいったらしく、二人が血相《けっそう》変えて走って帰ってきた。両親に連れられ、学校へいくと、先生が今までの一部始終《いちぶしじゅう》を話し、「もう、私の手には負えません。御《ご》両親でしっかり監督《かんとく》、教育なさってください」と涙ながらに訴《うった》えた。そして先生は私の方を見ながら「これからは宿題しようね」とやさしく猫《ねこ》なで声で言った。

私は両親がいる手前「はあーい」と返事だけは良かったが、そのあとも一度もしたことはなかったのだ。

夕方、家に連れて帰られてから両親にこっぴどくしかられた。長時間にわたって小言《こごと》を食らったのち、親父のグローブみたいに大きな手でびんたを数発やられたときは、小さな身体が吹《ふ》っ飛んだ。余り痛いので泣いていると更《さら》に追い打ちをかけるように、晩飯《ばんめし》を食べさせてくれない上、農機具《のうきぐ》や穀物《こくもつ》などを収めてある納屋《なや》に放り込まれ、外から錠《じょう》をかけられてしまった。真暗闇《まっくらやみ》の中で「出してくれェー」と泣き叫んだが、返事はなかった。次第に闇《やみ》に目が馴《な》れてくると気が落ちついてきて、腹いせに納屋の中にあるムシロや藁束《わらたば》などをくずして放りまくった。さらに鍬《くわ》や鋤《すき》などの農機具を引っぱり落としては投げまくった。おまけにあっちやこっちや小便をかけまくって溜飲《りゅういん》をさげた。それでも腹の虫が治まらなくて、米を入れてるブリキ罐《かん》と小豆《あずき》を入れてある罐《かん》の口を開いてムシロの上に流し出した。何十斗《なんじゅっと》も入っているのでザァーッと米や小豆《あずき》が流れ出すと勢いが良く、気持ちがいい。おまけにムシロの上で米と小豆をかき混ぜると冷たくサラサラしていて、とても心地良く楽しいのだ。そんなことをして一生懸命《けんめい》遊んでいるうちに一日の疲《つか》れが出て知らぬまに深い眠《ねむ》りに落ちていった。

翌朝《よくあさ》。ガラガラと重い扉《とびら》が開かれ、サアーッと朝日が射《さ》し込んだ。米と小豆の中でスヤスヤと幸せそうに寝ている息子の姿をみた父の驚愕《きょうがく》と母の狼狽《ろうばい》。その時混ぜた米と小豆はどうしようもなく、母はそれを同時に洗ってお釜《かま》で炊《た》いたため、好むと好まざるにかかわらずおのずとお赤飯《せきはん》ができあがってしまった。というわけでかなり長い間「宿題不履行《ふりこう》連続記録達成記念」のお赤飯が続いた。

いまだに、家で赤飯など炊《た》くと母があの時のことを思い出して言う。

「あの時、納屋なんぞに閉じ込めるんじゃなかった」

あの頃を回顧《かいこ》して先生が言う。

「木村さん、あんたは、さすが見所《みどころ》があると思ってた。他の生徒とは違うかったわ。高松高校の先生になるとはねェー」

そして、さらに後日談《ごじつだん》がある。

その先生の坊ちゃんが、ある高校の一年生となった。そして夏休みの宿題に「生物《せいぶつ》」で遺伝《いでん》の計算問題が出た。かなり分量《ぶんりょう》があって難しくてなかなか解《と》けない。業《ごう》をにやした母子が僕の所へやってきた。そして多くの宿題で僕を悩ませたその先生が丁重《ていちょう》に頭を下げて言った。

「キムラさん、すみませんけど、この子の宿題解《と》いてやってくださいな」

9 地震・雷・火事・親父

地震

「父親と母親と、どちらが子供に対する愛情《あいじょう》が深いか?」これはよく議論《ぎろん》されるところである。これへの答えは一般的には、母親の方に軍配《ぐんばい》があがるようだ。

——母の愛は山より高く、海より深し

兵士が戦場で死んでいくとき「お母さん」と叫《さけ》ぶが「おとっつぁん」とは言わぬ——などと聞けば、私が崖《がけ》から転落して死に直面したとき、「お母さん」と叫《さけ》んだかどうかは知らないが、少なくとも落下の瞬間《しゅんかん》にまず浮んだのは母親の顔であったことは鮮明《せんめい》に覚えている。私が死ねば一番に母親を悲しませることになる。「お母さん、すみません」そう思ったのは確かである。母への思慕《しぼ》は意識するとせざるとにかかわらず、私たちの心の中に潜在《せんざい》して根強く、しかも決して断ち切れないほどの強さで脈々《みゃくみゃく》と息づいているのだ。

現に三人の子の父となっている私は、これでは片手落《かたてお》ちだと思うが、一方では三人の子の母親である妻をみていると、やはりかなわないと思ったりしている。それでも私は私なりに父親として子供たちに深い愛情をもち、それを精いっぱいに現わしてはいるのだが、いかんせんわが腹を痛めて生んだ子ではない。父親は、チチオヤとはいうものの、乳《ちち》の一滴もわが子に飲ますことはできず、子に何かあるとオロオロとうろたえるばかりである。

山上憶良《やまのうえのおくら》が万葉集《まんようしゅう》で

「しろがねもくがねも玉もなにせむに

まされる宝子にしかめやも」

と詠《よ》んだ父親の心情《しんじょう》には文句なしに共感する。

古来より父親の子供に対する愛情でさえ、かくやというのに、ここ最近の母権失墜《ぼけんしっつい》ぶりはどうだ。子捨て、子殺し、育児《いくじ》ノイローゼ。コインロッカーで子供が育つのか？

母親におとらずとも負けじと愛情を子供たちに注いでいると信じている私は、他の動物に「父親の子に対する愛情」なるものを求めてみた。

メスは卵や子どもを産むだけで、育てるのはもっぱらオスだけという変った動物も少くない。日本にいるタマシギという鳥も、その一つである。鳥にはオスとメスで羽根《はね》の色が違《ちが》うものが沢山《たくさん》あるが、その場合美しいのはきまってオスで、メスはみんな目立たない地味な色をしている。ところがタマシギやミノウズラなどは反対で、オスよりもメスの方が美しい。

そのせいかタマシギのメスは、おしゃれなまけ者で、巣の中へ卵を産むと、さっさとどこかへいってしまい、もう戻っては来ない。そして、他のオスと遊んでいるという浮気妻《うわきづま》なのだ。だから、卵を抱《だ》いてあたためるのは、いっさいオスの仕事になっている。オスは卵を一生懸命《けんめい》あたためながら涙ながらに唄《うた》うのだ。

――逃ィげた女房に未練《みれん》はないが、お乳ほしがるこの子が可愛《かわ》いィ♪♪♪

浅い池などに住むトゲウオのオスは、水の中に小鳥の巣によく似た巣を水草《みずくさ》で作る。巣ができるとメスを誘《さそ》い入れて、中に卵を産んでもらう。そして巣が卵でいっぱいになると、巣の入り口をふさいで、子供がかえるまで番をしているという献身《けんしん》ぶり。

こんな時、他の魚が近づくと、トゲウオのオスは怒って襲《おそ》いかかり、追っ払ってしまうのだ。また子魚がかえった後も、しばらくの間は見張りを続け、子魚がかってに遊びにいこうとすると、巣に追い返したりして守り続ける。ああ、何という父性愛《ふせいあい》。

それでもやはり父親は子供は産めないのか？

いや、そうではない。子供を産む父親がいるのだ。御存知《ごぞんじ》のはずだ。タツノオトシゴがそれ。これは浅い海の底の藻《も》の間に住んでいるが、尾を藻に巻きつけてからだを立てている。昔の人は龍《りゅう》に似ていると考えて、タツノオトシゴと名をつけた。ちなみに英語では、Sea horse（海の馬）と呼んでいるが、これは頭が馬づらであることによる。漢字でも「海馬」と書き、そのことを如実《にょじつ》に示している。

この魚は、おなかに袋《ふくろ》があって、その中に卵を入れて育てるのだ。しかも、子魚を育てるのはメスではなくて、オスなのだから驚きだ。タツノオトシゴのメスは、オスの腹部の袋の中に卵を産み込む。産む卵の数は、種類によって違い、一〇個位のものもあるが多いのは一五〇から二〇〇個も産む。すると袋の口は閉じてしまい、この中で卵からかえった子魚はどんどん大きくなる。妊婦《にんぷ》でなくて、まさしく「妊夫《にんぷ》」である。お袋とは父親のことか？

やがて、オスのおなかは大きく脹《ふく》らんできて、四〇日から五〇日ばかりたつと、小さなタツノオトシゴが一ぴきずつ、袋の小さな口から産み出されてくる。けもののメスがお産をする時にそっくりで、おなかを岩や貝に押しつけてきばったり、なかなか苦労する。ことに、たくさんの子どもを持ったオスは、全部を産み終るのに五〜六日もかかるのだから大仕事《おおしごと》というほかはない。オスの快挙《かいきょ》というべきか？

タツノオトシゴを左手に持っておくと、お産が軽くなるという言い伝えがあるが、オスがお産をする魚を、女性が持っておくというのは皮肉《ひにく》なことである。

南アメリカのダーウィンガエルという小さなカエルは、オスが子供を育てる。メスが大きな卵を一つずつ産むと、オスはすぐそれを飲み込んでしまう。飲み込むといっても、胃の中に飲み込むのではなく、のどからおなかの方にのびている袋《ふくろ》に飲み込むのである。卵の袋の中でオタマジャクシになり、だんだん大きくなってカエルになるまで外に出てこない。そして、オスは口から小さなカエルを産《う》み出すのである。

わが子の可愛いことを「目に入れても痛くないほど可愛い」とはよく言われる表現であるが、このカエルの場合は「口に入れたいほど可愛い」と言うべきか、それとも「食べてしまいたいほど可愛い」とはこのことか。

昭和二一年、私はその頃まだ子供であった。父と母、私と妹の四人家族は海岸近くの家の二階の八畳《じょう》一間に起居《ききょ》していた。まだ小学校にもあがらない腕白《わんぱく》時代の私は、昼間の遊び疲《づか》れでぐっすり眠《ねむ》り込んで、まさしく白河夜舟《しらかわよふね》であった。それは深夜に突如《とつじょ》として起こった。グウスカ鼻からちょうちん出して、ヨダレ唾《た》らして眠《ねむ》りこけている私には何が起こったのか知る由《よし》もなかった。

ビビッと鈍《にぶ》い音。しばらくして、グラグラと激しい揺《ゆ》れ。カタカタと音を立てて揺れる箪笥《たんす》。ガチャンと金属音を立てて落ちる柱時計《はしらどけい》。ゴトン、ガタンと落ちてくる箪笥の上の各種木箱や小物《こもの》の数かず。ギシギシと柱のきしむ不気味《ぶきみ》な音。

「地震《じしん》!」

ハッと眼をさました母は飛び起きて、隣りに寝ている亭主《ていしゅ》を揺り起こし、彼女のかたわらでスヤスヤ眠《ねむ》っている赤ん坊を抱《だ》きかかえて、ギチギチうなる階段をかけおりて表へ出た。そのあとを追っかけるようにして、父が庭先へ走り出た。母はまだ赤ん坊の妹を胸にしっかと抱きかかえて、父は両手になんにも持たないで激しく揺れ動く大地につっ立っていた。突然の衝撃《しょうげき》で深い眠りを破られた妹はびっくりして大声で泣くばかりだ。泣き叫《さけ》ぶ妹をなだめながら母は大変なことに気づいた。

「あなた! ひとしがまだ家の中に……」

父は、激しく揺れ動くわが家を見つめながら、オタオタして呻《うめ》いた。

「ウ、ウン」

「あなた、早くひとしを連れ出して来て!」

「ウ、ウ、ウン」

「はやくしないと、ひとしが家の下敷《じ》きになるわ。はやくいって!」

「ウ、ウ、ウン、ウン」

わがあばら家はマグニチュード八・一という猛烈《もうれつ》な震動《しんどう》にゆさぶられて、激しく左右上下にきしみながら、屋根の瓦《かわら》はガラガラと落ち、壁《かべ》の土は白い煙《けむり》をあげながらドドッと崩《くず》れていく。バキバキと柱がひび割れていく音を聴いた母は狂気《きょうき》のように叫んだ。

「あなた！　この子を抱《だ》いとって！」

妹を父に渡すやいなや、彼女はドドッと崩《くず》れる壁土《かべつち》の中へ猛然《もうぜん》と突っ込んだ。土煙《つちけむり》に包まれて真白になりながら、彼女はすべる階段をかけ上がった。

二階の部屋では、何も知らない私がもうもうと立ちのぼる土煙をスースー吸い込みながら、幸せに眠《ねむ》っていた。彼女はフトンをパッとめくって、私を両腕《うで》にしっかと抱きかかえて、階段をかけおり脱兎《だっと》の如《ごと》く庭先の畑へと走った。そこには、妹を抱いた父親が不安げに待っていた。

私は、はだけた寝巻《ねまき》のままで、そこに突っ立ち、ねぼけまなこで激しく揺《ゆ》れ動くわが家を呆然《ぼうぜん》と眺《なが》めていた。

これが有名な「南海大地震《なんかいだいじしん》」であった。昭和二一年一二月二一日。地名・南海道。震源《しんげん》地東経《とうけい》一三五・六二度、北緯《ほくい》三三・〇二度。マグニチュード八・一。被害摘要《ひがいてきよう》、四国・九州・近畿《きんき》・中国および中部地方の各地に被害をおよぼす。大津波《つなみ》が起り、紀伊《きい》半島南端《なんたん》で波高《はこう》六・六メートル、家屋全壊《かおくぜんかい》一万一五一九、半壊《はんかい》二万三四八七、流失《りゅうしつ》一四五一、死者一三三〇という歴史に残る大惨事《さんじ》を引き起こした、大激震《げきしん》だった。

森繁久彌《もりしげひさや》さんから贈られた『森繁自伝』を読むと、終戦後彼はアナウンサー生活をしていた満州《まんしゅう》から引きあげて帰り、職もなく途方《とほう》にくれ、それでも妻子を養わんがために、何と魚類の仲買人《なかがいにん》となり徳島県は牟岐《むぎ》へとやって来るのだ。そして、飢《う》えに泣く妻や三人の子供のために口に糊《のり》するいちるの希望を抱いたその夜、牟岐の網元《あみもと》の二階で酒に酔《よ》いしれて寝ているうちに、津波《つなみ》に襲《おそ》われて大惨劇《さんげき》に見舞《みま》われるのであった。すんでのことで一命を取りとめた彼は、人生の再出発を期し俳優《はいゆう》としての道を歩みはじめるのである。

彼の人生の転機ともなったこの地震・津波こそ、隣りの讃岐《さぬき》の地で私の遭遇《そうぐう》したのと同一の、「大地の大なまずの大あくび」であったのだ。

話を冒頭にもどそう。

「父親と母親と、どちらが子供に対する愛情が深いか？」

わが木村家では、結論は火をみるより明らかである。この地震事件が話題にのぼるたびに、母は必ず誇《ほこ》らしげに胸を叩《たた》いて、ジシンを持って言う。

「どんなに言ったって、そりゃあ母親の方が父親の何倍も深いわ」

この一言に、父は顔色なしで、巨体《きょたい》をちぢこまらせながら、シワだらけの顔をくしゃくしゃにして、エヘヘと照《て》れるのである。

雷《かみなり》

八月下旬に登る高知の山、梶《かじ》ケ森（一四〇〇メートル）はもう秋の気配がしのび寄っていた。なだらかな登山道に沿って風露草《ふうろそう》のうす桃色の可憐《かれん》な花が、緑の草むらの中で〝風の露〟を落しながらかすかにゆれていた。急登《きゅうと》にあえぎながらふと立ちどまり、天をあおぐとコバノガマズミの真赤に熟した数かずの実が、空の碧《あお》、木々の緑にはえて、汗にしみる私のまぶたをまぶしくくすぐった。いつもなら、この生物部の採集登山《さいしゅうとざん》は八月初旬のはずであったが、のっぴきならない種々の都合でこんなにおそくなってしまった。一〇数人の部員を引き連れて、山岳部顧問《さんがくぶこもん》の先生との登山であった。

八合目弘法大師《こうぼうだいし》修業場近くにある山小屋に宿泊するのが例年のならわしである。第一日目は登山の疲《つか》れもあって、採集らしい採集もできず、夜は生徒たちと歌やゲームなど楽しんで、翌日まる一日かけて山頂を目指し、昆虫《こんちゅう》や植物の採集をする予定であった。電灯を消して、小屋の畳《たたみ》の間にゴロリ横になると、いつの間にか深い眠《ねむ》りに落ちていった。と、ふと深夜に目がさめるとザァーザァーと降りしきる雨の音。「雨か…」とつぶやきつつ、再び深い眠りに……。

翌朝。相変わらず降りやまぬ雨、雨、雨。風も強く、山頂をきわめるどころか採集さえかなわぬありさま。しかたなく傘《かさ》をさし、レインコートを着けて、小屋の近辺で大まかに植物採集などしているうちに一日が暮れてゆく。ラジオで気象通報を聴《き》くと、南方海上に超大型台風11号の発生、本邦《ほんぽう》へ徐々《じょじょ》に接近中とのこと。台風の余波《よは》を直接こうむる高知県の、しかも山岳地帯とあれば、この一日中の激しい風雨もムべなるかなと思わせる。

風雨が一層激しくなってきたので早々に夕食を済ませ、生徒たちに食事のあと片付けを速《すみ》やかに行うように命ずる。山岳部の先生と私は、小屋に残って明日の予定の対策を講じる。

台風の直撃《ちょくげき》を受ければ下山さえかなわなくなるかも知れないと不安がよぎり、教師二人は生徒引率《いんそつ》の責任の重大さに眉《まゆ》も曇《くも》りがちであった。

と、ピカッと巨大な稲妻《いなづま》が窓の向うに光り、しばらくしてゴロゴロゴロと大地を揺《ゆる》がすような雷鳴《らいめい》。あの雷は今、ここからどの位の距離で起こったのだろうかと思い、腕《うで》時計をはずして膝《ひざ》もとに置き、稲妻から雷鳴まで所要《しょよう》時間を計測してみた。まず40秒、次いで30秒、次第に雷神《らいじん》がこちらへ近づいてくるようだ。

登山経験豊かな山岳部の先生が語る。

「雷は怖いなあ、一〇数年前西穂高《ほだか》岳で松本深志高校の生徒たちが落雷《らくらい》事故にあって十数人が死んだ時、ぼくは近くの山小屋で避難《ひなん》していた。本当にあの時は怖《こわ》かったなぁ——」

そして次に20秒。更《さら》に10秒。

「おい、雷だいぶ近づいてきた……」

と私の言葉が終るか終わらないかの瞬間《しゅんかん》、

「ズカーン！」

強烈《きょうれつ》な金属的衝撃音《きんぞくてきしょうげきおん》と同時に、窓ぎわに並んで坐っている二人の間に巨大《きょだい》な青白い火の玉が炸裂《さくれつ》した。二人が「あ！」と叫んだのも同時で、しかも身体は眩惑《げんわく》する光芒《こうぼう》の中に浮き上がり一瞬《いっしゅん》吹《ふ》き飛ばされた。次の瞬間《しゅんかん》、その巨大な火の玉から糸のように細い青白い閃《せん》光《こう》が一直線に飛んで、天井から吊《つる》してある60ワットの裸電球《はだかでんきゅう》に当たり、「パーン」と鋭《するど》い破裂《はれつ》音を残してそれを消した。

あとは、長い静寂《せいじゃく》と暗闇《くらやみ》……。

「おい、大丈夫か？」闇《やみ》の中に倒《たお》れた二人は、われに返って声をかけた。懐中電灯《かいちゅうでんとう》を手さぐりで探《さが》し出し、お互いの無事《ぶじ》を確認《かくにん》した。「死ぬかと思った」と言いつつ、ホッと安堵《あんど》の胸をなでおろす。外は相も変らず激しい風と雨、そして遠くに光る稲妻《いなづま》、とどろく雷鳴《らいめい》。

二人は雨の中を濡《ぬ》れながら石段を登り、生徒たちのいる流し場へと急いだ。食器洗いをしていた彼らの近くでも大きな稲妻が走ったそうで、皆おびえていた。

「雷は怖いなあ。いくら自分が精いっぱい注意してもカミナリ様は落ちる場所までは教えてくれないからなあ」と全員無事だったせいか、冗談《じょうだん》も出る。しかし時間がたつにつれて、次第にじわじわと恐怖《きょうふ》感と安堵《あんど》感が微妙《びみょう》に入りまじってわれわれの胸をしめつけた。大自然の一〇〜三〇億ボルトという猛威《もうい》の前に何の力を持たない二人のか弱き教師は、「ああ、なにより生徒たちが無事でよかった」と何度も何度も胸をなでおろすのであった。

翌朝、台風は中国大陸に進路を向け、四国地方は再び「もどり猛暑《もうしょ》」につつみ込まれた。全員無事下山《げざん》して、各駅停車の超鈍行列車に乗ると、停車のたびに焼けた鉄路《てつろ》の熱風が吹き込んできて、汗を滝のようにしたたらせた。雨と風に見舞われ、雷の強烈《きょうれつ》な電気ショックのあとは、灼熱火焔地獄《しゃくねつかえんじごく》と攻めたてられて、まさしく死ぬ思いだった。

新学期が始まって、物理科の先生がたに雷に遭《あ》ったことを話すと、次のような答が返ってきた。

—二人の間に青い火花が炸裂《さくれつ》したのですが……

「それは、コロナ放電《ほうでん》ですな」

…お互いに反対方向に吹っ飛んだのですが……

「二人とも同じ電荷《でんか》をもって、お互いに反発《はんぱつ》し合ったのです。斥力《せきりょく》ですわ」

…稲妻が電灯を消したのですが……

「電灯と人の間で放電が起きて、電灯を消したのですわ」

…一瞬《いっしゅん》、死ぬかと思ったのですが……

「そりゃぁ、死んだかも知れませんなぁ」

物理学者《ぶつりがくしゃ》にかかったら情緒《じょうちょ》も同情もあったもんじゃない。最後に彼らは、

「いつか物理の授業で、先生がたの身体の〝電気容量《でんきようりょう》〟を生徒たちに計算させてみましょうか？　ところで先生がたの体重何キロですか？」

すんでのことで命びろいをしたわれわれは、計算問題にまでなり下がってしまった。だが、それを笑ってすませる身体がここにあるということは、ありがたいことである。

二学期最初のテストが終ってしばらくして、いっしょに山に登って落雷《らくらい》をまのあたりにみた女生徒と立話《たちばなし》をした。

「おい、もう雷のショックは去ったか？」

「先生、私カミナリにあったおかげで今度のテスト、ものすごく成績が上がったわ。電気ショック療法《りょうほう》って、ほんまに効果《こうか》あるんやねェ」

私は彼女の天真《てんしん》らんまんな大らかさに脱帽《だつぼう》した。

それから数ヵ月たって次の回のテストが終って彼女と話した。

「どや？　今度のテストできたか」

「先生、あかんわ。カミナリの効果がうすれてきよった。こりゃもういっぺん、ショック療法受けなぁかんかな？　あハハハ」

私はこんな彼女のユーモラスな返答のかげで、大きな恐怖と安堵《あんど》をないまぜにしていたのであった。

火事

南海大地震で打撃《だげき》を受けた海辺のわが家は、父の献身《けんしん》的な応急処置《おうきゅうしょち》によって倒壊《とうかい》もせずその後約一〇年間は風雪《ふうせつ》に耐《た》え続けることになる。大地震の中、わが愛する長男を救出することができずに妻に後塵《こうじん》を拝した父親は、この屈辱《くつじょく》を少しでもはらさんとて大工道具、左官《さかん》道具を持ち出し家屋修復《かおくしゅうふく》のために男の力を精いっぱい投入《とうにゅう》するのであった。

木造二階建。二階は八畳《じょう》一間、一階は一〇畳一間、台所、五右衛門《ごえもん》風呂、納屋《なや》付きという間取りの狭《せま》い家屋《かおく》であった。「男の世界」で書いたように、宿題をちっともせずに罰《ばつ》として閉じ込められた重い扉《とびら》の納屋《なや》というのがこの二階の真下にあったわけだ。

この家は、一反《いったん》そこそこの田んぼを耕すだけの貧しい水呑百姓《みずのみひゃくしょう》であった祖父《そふ》の建てたものだった。祖父と病気がちの祖母《そぼ》、そして長男であった私の父、それに五人の姉弟妹《きょうだい》。今の我々の生活レベルから考えると、想像に絶する貧窮《ひんきゅう》の中で、親子八人家族が、寝食《しんしょく》を共にする家であったのだ。貧しい小作農《こさくのう》が家を建てるにはどんな困難《こんなん》と苦渋《くじゅう》があったのか？　祖父母ともに鬼籍《きせき》に入っているから聞くよしもない。でも父はおそらく、この家を建てる苦労話は祖父から何とはなしに聞いていたに違いない。祖父譲《ゆず》りのこの家をとても大切にしてあちこち修繕《しゅうぜん》しては老朽《ろうきゅう》化に耐《た》えていた。何しろあばら屋であった。

家の建てつけはとても悪く、障子《しょうじ》・フスマ・雨戸《あまど》などはあっても無きがごとくで、冬ともなれば寒風《かんぷう》が家の中を吹き抜けた。雨が降れば、雨もりはするし、雪が降れば粉雪《こなゆき》が家の中に舞い散った。子供部屋、勉強部屋とてあるはずがなく、勉強嫌いの私にとっては好都合であった。勉強机といえばリンゴ箱一つであった。

母は過労《かろう》の為《ため》、肺炎《はいえん》で倒《たお》れた。この時往診《おうしん》に来た医者は、家の中を吹《ふ》きすさぶ風の寒さに震《ふる》えながら、

「こんな家の寒さでは、病気にならないほうが不思議《ふしぎ》なくらいだ」と毒《どく》づいて帰ったという。母は泣いたという。

こんな状況《じょうきょう》のもとで、父がマイホーム建設《けんせつ》の夢を持たなかったはずが無い。だが何しろ当時は貧しかった。猫の額《ひたい》ほどの田と畑を耕し、イモを作り、稲を植え、麦を刈《か》った。そして家族六人がイモガユをすすった。満州《まんしゅう》から復員《ふくいん》して帰った父は自転車のペダルを踏《ふ》んで魚の行商《ぎょうしょう》をもはじめた。飢《う》えに泣く家族の口に糊《のり》するために、身を粉にして働き続けた。石工《いしく》の腕《うで》をもつ父の仕事は敗戦直後では景気《けいき》も悪かった。父は、何とかしてわれわれを飢《う》えさすまいと、人の嫌がることでもどんどんやって稼《かせ》いだ。そして、石も一生懸命叩《たた》

いた。次第に世の中が安定して、特需景気《とくじゅ》、神武景気《じんむ》、岩戸景気《いわど》など時代の変遷《へんせん》とともに高度成長の波に乗りつつ、自分の腕《うで》を生かした石材業《せきざいぎょう》も栄《さか》えはじめた。

祖父の建てた家屋《かおく》に見切りをつけて、新居《しんきょ》を建てようという夢を具体化《ぐたいか》したのは、私が中学三年の春のことだった。親戚縁者総出《しんせきえんじゃそうで》で取り壊《こわ》しがはじまった。朽《く》ちて傾《かたむ》きかけた家の倒壊《とうかい》はいとも簡単だった。子供時代をこの家で過ごした叔父や叔母たちは倒されてもうもうと白い土煙《つちけむり》をあげて壊れていく家をいとおしんだ。そして今さっきまで住んでいた父も母も祖母も私も妹たちも。

われわれ家族は建築中の間、部落《ぶらく》の集会所を借《か》りて生活することになった。この会堂《かいどう》は、六〇畳《じょう》ほどもある広い板の間で、箪笥《たんす》やついたてやベニヤ板で仕切って、そこで起居《ききょ》した。ところがここには風呂《ふろ》がない。当時、わが町はいかにも海辺の町らしく海水を沸《わ》かして使う銭湯《せんとう》が二軒あった。しかし家族六人が銭湯に入る金額も、マイホーム建設のためぼう大な借金《しゃっきん》をかかえ込んだ父にとっては頭痛《ずつう》の種だった。そこで一計《いっけい》を案じた父はわが家の敷地《しきち》の井戸のそばに、取り壊した家の五右衛門風呂《ごえもんぶろ》を得意の石積みの技術で取りつけたのだった。その井戸というのが、「死んでたまるか」で登場する私が鯉《こい》や鮒《ふな》たちと大宴会《えんかい》をした井戸であることは言うまでもない。そしてこの風呂たるや、周囲にかこいもなく屋根もなく、まさしく「野天風呂《のてんぶろ》」そのものであった。

この野天風呂の管理責任者《かんりせきにんしゃ》には私が命ぜられた。と言えば聞こえがいいが、何のことはない風呂焚《た》きである。毎日学校から帰ると夕方はこの風呂との悪戦苦闘《あくせんくとう》を強いられた。水はすぐそばの井戸から、つるべで汲《く》みあげた。そのうち新居《しんきょ》に備えて、家庭ポンプを取りつけたのでそのための労力《ろうりょく》は減《へ》った。ところが、ポンプの蛇口《じゃぐち》から五右衛門《ごえもん》風呂までのホースがない。父は近くの自転車店で古いタイヤのチューブを数本もらって来て、私にこれをホースにして使えと言った。苦闘《くとう》の末、私はこれをつないでホース代りにした。ところが自転車のチューブは柔《やわら》かいものだから、自分でじっと持って浴槽《よくそう》に注《そそ》がないといけない。もし、ホースをそのまま放っておくと、水の重みですぐに浴槽《よくそう》からずり落ちて、またたく間にそのあたりを水びたしにしてしまうのだった。そのうち、この野天風呂のうわさを聞きつけて悪友《あくゆう》どもがやって来た。風呂の水入れを手伝ってくれるのはいいがこのチューブをオモチャにして遊びまくるのには閉口《へいこう》した。チューブをあちこちでつまむと、それは蛇《へび》が蛙《かえる》を飲んだように途《と》中でプクッと大きくふくらんで、あちこちにあいている小さなパンクあとからピューピューと水が噴水《ふんすい》状に吹《ふ》き出してとても楽しいのだ。悪友どもとキャアキャアいって遊んでいるうちに風呂を沸《わ》かすのを忘れてしまい、父から大目玉《おおめだま》を喰《く》らったこともある。

この風呂は大きな土管《どかん》に五右衛門《ごえもん》の釜《かま》をすっぽり押し込んで、下の方に焚《た》き口の穴をあけ、その周囲を石で囲んだいとも簡単な設計《せっけい》のものだったから、火の回らないこと最高だった。煙突《えんとつ》もないので、焚《た》き口がすなわち煙突で、煙《けむり》にいぶされどおしだった。風呂にくべる薪木《たきぎ》には一切不自由しなかった。古い家のよく乾いた板はたくさんあった。新しい家の木《こ》っ端《ぱ》や、カンナ屑《くず》はいくらでもできてきた。ところが設計が悪いものだから、いくら薪木やカンナ屑を突っ込んで懸命《けんめい》に燃やしても、なかなか風呂の湯は沸《わ》かない。ひどい時には燃え尽《つ》きた灰を焚き口から十能《じゅうのう》でかき出して、改めて新しい薪木を投入して焚《た》くといったあんばいでこれには泣かされた。風呂が沸くのに三〇分も一時間もかかるのだから熱効率といえばあの能率の悪いＳＬをはるかに凌《しの》ぐものだった。おまけに梅雨《つゆ》のシーズンに突入《とつにゅう》してからは、焚き口に流れ込む雨水《あまみず》をひしゃくでかい出しつつ、傘《かさ》さしてブシュブシュと燃えない木をゴボゴボと煙《けむり》にむせながら焚くという大奮闘《ふんとう》ぶりであった。雨の日なんぞにそんな苦労してまで風呂に入らなくてもと思うだろうが、毎日石を刻《きざ》んで石粉《いしこ》まみれになる父や母にとっては、風呂はかけがえのないものであったのだ。

かくしてやっとの思いで沸かした風呂に入る味は格別のものであった。井戸のそばのヤツデの木蔭《こかげ》に衣服を脱《ぬ》ぎ、真《ま》っ裸になり、下駄《げた》をぬぎすててザンブと湯釜《ゆがま》につかるのである。

近くに潮騒《しおさい》を聞き、遠くにカエルの大合唱《だいがっしょう》を耳にしながら、空を見上げれば満天《まんてん》の星、

そこにはあった。
耿耿《こうこう》と冴《さ》える青い月、風呂の湯気《ゆげ》とともに大自然の中に溶《と》け込んでいかんばかりの眩惑《げんわく》が

湯気は果てしなく天高く舞い上がっていく。ときたま、ポタリと背中にあたるものがあれば、それは雨だ。入浴中に突如《とつじょ》として大粒《つぶ》の雨が降り出し、出るに出られず、そのうち止むだろうとタカをくくっていたら、降るわ降るわで豪雨《ごうう》となった。湯舟には水がどんどん降り込み、みるみるうちに水かさは増しお湯は冷えるしで、釜《かま》ゆでになった石川五右衛《ごえ》門《もん》とは逆の苦しみを味わったこともある。「ハックション！」

新居にかける父の意欲はすさまじかった。職業上プロでもあるので、彼は土台《どだい》をあの高価な地元名産の庵治《あじ》石で敷《し》いた。最近の家はコンクリートに鉄筋《てっきん》を入れて土台を作るが、当時はまだ石の土台を敷《し》いていたのだ。私は父のあとについて、この重い土台石敷きを手伝った。

「ひとし、この家は一〇〇年もつように作るぞ。そのためには土台はしっかりしたのを敷かにゃいかん」

重い石をかつぎ、汗をしたたらせながら彼はこう言って唸《うな》った。そこには男の執念《しゅうねん》があった。堅《かた》い花崗岩《かこうがん》の頑強《がんきょう》さがあった。

この固くて頑丈《がんじょう》な石の上に、当時としてはかなり豪荘《ごうそう》な家が建ちはじめた。

湯舟につかって、すだく虫の音を聞く頃になると家はほとんど完成に近づいた。二階に三人の子供たちのためにおのおの部屋を作ってくれたのが嬉《うれ》しかった。中学三年生なかば過ぎになったいま、高校入試をひかえて少しは勉強せねばと殊勝《しゅしょう》にも思い始めていた。あと一週間で新しい家に入れることを聞いて、兄妹三人はウキウキしていた。

相変わらず私は野天風呂管理責任者兼《けん》ボイラーマンの任務《にんむ》を、煙《けむり》に巻かれてゲホゲホ咳《せき》込《こ》みながらも無事遂行《すいこう》していた。

この頃の私はもうこの仕事が馴《な》れっこになっていた。その日の夕方、私は湯を沸《わ》かしたあと、火を消し、焚《た》き口の周辺の掃除《そうじ》をちょいちょいと簡単に済ませて、空っ腹をかかえて仮《かり》の住まいへと走った。薄暗い裸電灯に照らされて夕食をとるあいだ、私はその間何が起こっているか知る由《よし》もなかった。危険《きけん》な空白《くうはく》の時間が不気味に流れていった。

一陣《いちじん》の風が吹いて、軽いカンナ屑《くず》は野天風呂の周辺で飛び散った。焚《た》き口の残り火は完全に消えていなかった。花かつおのようにクルクルと巻いたカンナ屑の端《はし》がパッと燃えあがった。

それを赤い炎《ほのお》がチロチロとなめるように走った。それは一瞬《いっしゅん》のことだった。この炎は近くに散乱《さんらん》している乾いたカンナ屑へと次々に飛び移っていった。

私は会堂で夕食をたらふく食ったのち、充《み》ち足りた気分で風呂に入らんとてわが家へと下駄《げた》をつっかけ、カラカラと歩いて行った。

と、向うから隣家《りんか》の肥《こ》えたおばさんが息せき切って走って来た。スワ何事と身構えた瞬間《しゅんかん》、大きな声で私に向って血相《けっそう》変えて叫《さけ》んだ。

「火事！　火事よ！　ひとっさんとこの家が燃《も》えよんよ」

私は死刑《しけい》の宣告《せんこく》を受けたかのごとく、一瞬《いっしゅん》色を失った。下駄《げた》をぬぎすてて、韋駄天《いだてん》のごとく家へ走った。

飛び散ったカンナ屑《くず》はメラメラと燃え上がり、まず縁側《えんがわ》の戸袋《とぶくろ》に火をつけた。そして玄関《げんかん》から、廊下《ろうか》へと走った。この時、隣りのおばさんが裏の道を通らなければ、大惨事《さんじ》を招いたに違いない。新築《しんちく》の家がメラメラと炎をあげて燃えるのを発見して、彼女は仰天《ぎょうてん》した。腰をぬかさんばかりになって、

「火事！　火事よ！」と叫んだのだ。

夕餉《ゆうげ》の茶碗《ちゃわん》とはしを放っぽり出して、騒《さわ》ぎを聞きつけた近所のおじさんたちが飛び出した。バリバリと音を立てて戸袋の板が紅蓮《ぐれん》の炎で燃えていた。彼らは、すぐさま家の前の野天風呂に駆《か》けつけた。風呂のお湯をバケツで汲《く》み出して、炎にかけた。ザバッザバッ、激しい水音とともに炎は白い煙《けむり》を上げながらも激しく抵抗《ていこう》した。

私は顔面蒼白《がんめんそうはく》になり、裸足《はだし》のままで駆《か》けつけた。

井戸のポンプからも水が汲《く》み上げられ、次々と燃えさかる炎にかけられた。ジュージューと生臭《なまぐさ》い白い煙を吐《は》いて、頑強《がんきょう》に抵抗しながらも、やっと炎はこと切れた。私は茫然《ぼうぜん》となって、声もなく、額から油汗《あぶらあせ》をたらして、身震《みぶる》いしながら水びたしの中に立っていた。

——全ては自分の責任《せきにん》だ。

過失《かしつ》の事の大きさにおののいて、私は自分を失っていた。その場で悄然《しょうぜん》となっていた。父母と妹二人は何事が起こったか知る由もなく、父の大きな背中におんぶされたり手をつながれたりして唄《うた》いながら、入浴《にゅうよく》にとやって来る。

大勢の人たちが家の周《まわ》りに集まっているのを発見してびっくりした父に、近所の人が走って事の次第をかいつまんで話した。父はギクリとした様子でしばらく無口《むくち》のままだった。

近所のおばさんが、父に言った。

「ひとっさんをおこらんとっていたよ。わざとしたことでないんじゃけに」

父はそれに対して一言

「ええ、わかっとるぜ」

と返事しただけだった。

私はしばらく泣きじゃくっていた。間もなく大工の棟梁《とうりょう》がやって来て、父と何やら話をして、真黒に焼け焦《こ》げてまだ白煙《はくえん》の出ている戸袋《とぶくろ》や、廊下《ろうか》の一部をはがしていた。

私は近所の人たちになだめられた。

「こんなきれいな家が焼けんでよかったのお」

と言われた時には、その安堵《あんど》感より、恐怖《きょうふ》感の方が甦《よみが》えって、再び戦慄《せんりつ》に襲《おそ》われ一層泣きじゃくるのであった。

私は、空っぽになってしまっていた釜《かま》に再び水を入れ、二度とこの誤ちは繰り返すまいとカンナ屑《くず》に火をつけた。メラメラと炎は燃えあがり、黒く煤《すす》けた釜《かま》の底を照らし、そして涙に濡《ぬ》れた私の頬《ほほ》を紅く痛いほどに照らし出した。

秋風のさわやかに吹く中、満天《まんてん》の星をあおいで一人湯につかりながら、人びとの優しい心情《しんじょう》にわが心打たれて、何度も何度も感謝の涙をこぼしていた。誰も見てはおらぬのに、それが照れ臭くて、何度もお湯の中に顔をつけて洗い洗い流していたのが、鮮明《せんめい》な記憶《きおく》としてよみがえる。

自分をとりまく人びとへの感謝の念を失ってはならない。一瞬《いっしゅん》の油断は最大の事故につながる――これらの教訓《きょうくん》を残して、あの野天風呂は姿を消した。

親父《おやじ》

先日、高知市で開かれた教育研究会の記事が新聞に出て、「オヤジ教育に反響《はんきょう》――子どもへの関心呼び起こす」という特集が組まれていた。

こんにちほど父権《ふけん》が失墜《しっつい》している時代はないと聞く。父親となった私もひょっとして、その一人かも知れないと自信を喪失《そうしつ》したりする。

だが、わが子を見るとき、親父が私に教育したことをコピーして復習《ふくしゅう》しているような気がする。昨年までは、両親とわれわれ夫婦と子供たちがいっしょに前述《ぜんじゅつ》の家で住んでいた。

皆で夕食をしていたときに、長女あかねの行儀がとても悪かったので私は、パシッパシッと娘の頬《ほ》っぺたをたたき、厳《きび》しくお尻をもぶった。激しく泣き叫《さけ》ぶ初孫《はつまご》を見て、両親は私をとがめて言った。

「そんなに叩《たた》いたりまでせんでええのに」

私は激怒《げきど》してどなった。

「ぼくは、こんな風にして育てられて来たんだ！」

まさしく親父に猛烈《もうれつ》ビンタを食わされてきたことが、リコピーされて私がいま子供にそれをしている。子供たちに雷を落としている。子供を育てる、躾《しつ》けるということは、家庭の歴史《れきし》の繰り返しではなかろうか？

いま九人の孫に囲まれて、とても甘いおじいちゃんになり下がって好好爺《こうこうや》ぶりを発揮《はっき》しているが、若い頃の親父はとても怖《こわ》い存在《そんざい》だった。口で言うより手の方が早いといった、短気で気性の激しい人だった。おまけに癇癪《かんしゃく》持ちで、いつ何時どこからゲンコが飛んで来るか判らなかった。石を刻《きざ》むことを生業《なりわい》としている職人気質《かたぎ》の親父は背も高く、体格も頑《がん》丈《じょう》、力持ちで、神経も図太かった。それにひきかえ、その息子は、気は弱く、すぐ泣くし身体も小さく、脆弱《ぜいじゃく》で、ひょろひょろしていた。おまけに、小学校に入ってしばらくして、足の病気に襲《おそ》われて屈折《くっせつ》した少年時代を送ることになるのだった。

父は次第に順調《じゅんちょう》に進み出したわが石材業を息子に継《つ》がせたいと思い、何かと厳《きび》しく鍛《きた》えようとした。

病気の母と、妻子《さいし》を養うために父は、身体に鞭《むち》打ち、汗《あせ》まみれになって働き続けた。小学校に入学した当時の私は父の仕事がいったい何であるかわからず、「おとうさんのしごと」という作文で、

「ぼくのおとうさんは、田んぼと、さかなやと、いしやさんをしています」

と書いたのを覚えている。

父は私の小さい頃から仕事を手伝わせた。満足に学校へも行けず、貧困《ひんこん》の中で幼い頃から一家の長男として弟や妹の養育《よういく》のために働き続けてきた父にとっては、子供が働くのは

当然《とうぜん》すぎるほど当然のことだった。私は、田んぼや畑に駆《か》り出され、石の仕事も手伝わされた。

小学校に入って間もない頃から、夏も冬もなく毎朝六時頃にたたき起こされて、ノミを焼くためのフイゴを吹《ふ》かされた。石屋はその日の仕事の道具、ノミやタガネにヤキを入れるために、早朝は鍛冶屋《かじや》をせねばならぬのだ。乾いた松葉《まつば》に火をつけて、もうもうと吹《ふ》き上がる煙の中で、さらにコークスを発火させ、フイゴの柄《え》を持ってゴーゴーと風を送りながら、コークスの火を絶やさぬようにして、ノミを焼かねばならぬのだ。私は左手にフイゴの柄をもって前後に押しながら、右手に火ばしをもってノミの焼け具合を調節しつつ、適当に焼け具合を見はからって、鉄の「蜂《はち》の巣《す》」の上でノミを叩《たた》いている父に渡すのが役割だった。ところが、このノミの焼き加減《かげん》が子供の私にはとても難しく、油断《ゆだん》しているうちに焼き過ぎて、火花《ひばな》が飛び散るほどにまで鉄をわかいしてしまうのだ。その都度《つど》父は癇癪を起こして、私を罵倒《ばとう》した。ある日何本ものノミをぐにゃぐにゃに溶《と》かして、わかしてしまったのろまな私に頭に来た父は、その真赤に燃えさかる鉄の固まりを火ばしにはさんで私に投げつけて来た。

「ノミを、わかすな言うとんがわからんのか。このあほが！」

この真赤な鉄塊《てっかい》は、火花を散らしながら、私の頬《ほほ》をかすめて、後方で石の磨き仕事の準備にかかっていた母親の方に飛んでいった。このことにびっくりした母は、烈火《れっか》のように怒った。

「自分の子供に何てことするんです！　火傷《やけど》したらどうするんですか！」

そこで母の優しさと、父の厳《きび》しさが火花を散らしてにらみ合っていた。私は、その場で汗とコークスのススにまみれながら、相も変わらずフイゴの柄《え》をゴーゴーと押し続けておびえていた。

絵を画くのが好きだった私は、父に家紋《かもん》の画き方を教えられた。石碑《せきひ》にそれを刻《きざ》むためである。私は「紋帳《もんちょう》」なるものを手本にしてたくさんの家紋の画き方を覚えた。そして、金づちとノミを持たされて、紋を石に刻むことを教え込まれた。大ざっぱな線は私が刻んで、父がその仕上げをした。私が学校から帰って、白い石の粉にまみれてコツコツと紋を彫刻《ちょうこく》していると、近所の人たちが通りかかっては、声をかけて来る。

「あんたも、お父さんの跡《あと》を継《つ》いで、腕《うで》のええ石屋《いしや》さんになりまいよ」

私はそれを聞いてただニコニコしているだけだった。

夕方になると、仕事で出た石の破片《はへん》や石屑《いしくず》を拾い集めて、それをリアカーに積んで海岸の埋立地《うめたてち》に捨てに行くのが私の日課《にっか》だった。そしてそのあと道具のあと始末をすると、嬉《うれ》しい夕餉《ゆうげ》が待っていた。真冬のある日私はうかつにも、仕事道具の重いゲンノウを暗闇《くらやみ》の石置場の中に放り込んだ。

「ガチッ」

石が割れる音がして私は青ざめた。その音を耳ざとく父が聞きつけて、小屋の電灯をつけた。そこには磨《みが》きをかけて家紋を彫《ほ》り上げて仕上ったばかりの「水鉢《みずばち》」の最も大切な家紋の箇所が無惨《むざん》にも、欠けて崩《くず》れていた。この石碑《せきひ》は明日荷出《にだ》しする予定だった。父は、そこでオロオロと震《ふる》えている私に猛烈《もうれつ》なビンタを数発喰《く》らわして叫んだ。

「このくそあほが。出ていけ！」

私は、ワッと泣き叫《さけ》んで、小屋を飛び出し庭先の畑の中を走った。どこへいくあてもなく走った。どんどん走り続けた。ふとわれにかえった時には、村のずいぶんはずれの山の中に来ていた。松林の黒々とした闇《やみ》の中で、寒さと空腹に震《ふる》えおののいていた。

「いまさら、家には帰れない」

そう思った私は、ヤミクモに山の中をあちこちほっつき歩いた。厳冬《げんとう》の夜風は肌《はだ》に冷たくさして何度も鳥肌《はだ》をつくった。鼻水《はなみず》を垂らしながら、フクロウのわびしげな鳴き声におののいて、涙とまじった鼻水をすすりあげた。ザワザワと松の梢《こずえ》を渡る風の音に心細さはつのっていくばかりだ。あまりの怖《こわ》さに、人家《じんか》の明かりの見える所まで出てみた。遠くの田んぼ道を、提灯《ちょうちん》や懐中電灯《かいちゅうでんとう》の明りが揺《ゆ》らめいているのが、まぶたににじんで見えた。あの右往左往《うおうさおう》している明りは何だろう？　それが、私を探《さが》し求めている近所の人たちの動きであるとは知る由《よし》もなかった。

寒さに震《ふる》えてガチガチと歯の根の合わなくなった私は、とある農家の牛小屋に忍び込んだ。人の気配《けはい》を感じてか、黒い牡牛《めうし》が「モー」とひと声鳴いた。私はそこに積んである藁《わら》を切った牛のカイバの中にもぐり込んだ。麦藁《むぎわら》の中に入ってぬくもりをもらっていると、疲《つか》れと暖かさがほどよく私の身体を包んで知らぬうちに深い眠《ねむ》りに落ちていった。二時間ばかりも眠ったろうか？　今度は激しい空腹《くうふく》を覚えて目醒《めざ》めてしまった。カイバの中からモソモソ這《は》い出した私は、急に家が恋しくなって来た。冬の夜空のもと、トボトボとわが家へ向った。わが家が近づくと、家の周辺がいつもと違っていやに賑《にぎ》やかなのに気づいた。大勢《おおぜい》の人たちがタムロして、ガヤガヤとわめいている。

「見つかったか？」

「いや、見つからん」

「いったい、どこへいったんやろ？」

「神隠《かみかく》しにでもおうたんやないやろか」

心配そうな人々の声が聞こえて来る。松の木の幹《みき》に身をかくして、チラと仕事場の中をのぞき込むと、父は明日までに積み出さねばならない石碑《せきひ》の、私がこわした水鉢を一生懸《けん》

命《めい》、ノミで刻《きざ》んで修復していた。

次に家の中をこっそりのぞくと、ヤグラゴタツを中心に母と祖母と親戚《しんせき》の人たちが心配そうに額を寄せてヒソヒソと話し合っていた。母は泣いているらしかった。

そうこうしているうちに、誰かが言った。

「もういっぺん探しに行こう」

大勢の人たちがめいめいに懐中《かいちゅう》電灯や提灯《ちょうちん》を持って三々《さんさん》五々《ごご》出かけていった。家の中はすっかり空っぽになって、父だけ小屋に残って相変わらず石をコツコツ刻《きざ》んでいた。

誰もいなくなったのを幸いに、家の裏口から忍《しの》び込んでヤグラゴタツの中に身をかくした。コタツの近くに餅《もち》が置いてあったので、それをとって、モグモグと食いつつ、空腹と寒さとから解放《かいほう》された私は、いつの間にやら眠《ねむ》ってしまった。小一時間経った。

「やっぱり、どこにもおらなんだ」

「いったい、どこへいったんじゃろ」

「自分の大事な一人息子をあんなにしかったり、殴《なぐ》ったりするから、こんなことになったんじゃ」

大勢の人たちの叱責《しっせき》をよそに父は無言のまま、石を刻《きざ》んでいた。そしておもむろに口を開いた。

「心配せんでも、どうせそのうち帰って来るぜ」

どうせそのうちに帰って来ていた息子は、ヤグラゴタツの中でグウスカ眠っていた。寒風が吹《ふ》きすさぶ中を歩きまわって冷えあがった捜索《そうさく》していたうちの一人のおじさんが、

「ウー、寒ぶうー」

と身震《ぶる》いしながら、コタツの中へ足を突っ込んだ。と、グニャと足にあたる柔《やわら》かい個体。

「何じゃ、こりゃ！」

コタツぶとんをめくって中をのぞき込むと、探し求めていた「おたずね者」がそこにスヤスヤ寝ているではないか！

「うわっ、こんなところにおった。こりゃあなんぼ探しても見つからんはずじゃ」

喜ぶ顔、泣く顔、怒る顔、笑う顔。いろんな表情の顔が私をとり囲んで、うろたえさせた。

親父は、手を休めて、私の顔を見ると微笑《びしょう》を浮かべただけで、あとは何も言わずに再び石を刻《きざ》みはじめた。

私は今になってわかる。家出した息子を探しもせず淡々《たんたん》と石を刻んでいた父の気持ちが。父はその時、石を叩《たた》いていなければ、いても立ってもおれなかったのではないかと。あのニヤッと笑った瞳の中に、父の安堵《あんど》に充《み》ちた表情を発見した時、父の愛を感じた。そして、

明日までにと約束した仕事を徹夜で成し遂《と》げたその責任感を尊いと思った。

その後も父は相変わらず厳《きび》しかった。足の病気になって重い足を引きずって歩く私をにがにがしく腹立たしく思いつつ、それでも手綱《たづな》はゆるめてくれなかった。私の少年時代は、足の痛みと父親の厳《きび》しさとの闘《たたか》いであった。

足が痛むということで、仕事の手伝いを休みたがり、勉強をさぼりたがる私に父は容赦《ようしゃ》しなかった。所かまわず鉄拳《てっけん》が飛んで来て、罵声《ばせい》が浴びせられた。父はこのめめしくて弱々しい、そのくせ小生意気《こなまいき》で恥《はじ》知《し》らずのわが子を、何とかして一人前の〝男〟にしたいと必死だったようだ。

勉強の成績が芳《かんば》しくないと必ずどやしつけられた。

「わしは、ろくすっぽ学校へもいけず、バッシャにいきながらも、お前みたいな成績とったことないわい！」がお説教《せっきょう》の口ぐせだった。バッシャとはわが漁村のイカナゴ漁《りょう》のことである。父は、イカナゴの季節になると学校へいかずに漁に出て、生計《せいけい》を助けていたのだ。そして、その言葉のあと必ず往復《おうふく》ビンタが頬《ほほ》をはらした。

中学校に入ると成績に順位がつきはじめた。一学年一六〇人中一〇〇番までが、学校の廊下《ろうか》に貼《は》り出された。

第一回のテストは、二六番であった。このことを聞いて、父は激怒《げきど》した。私の小さな身体は左右に吹っ飛んだ。

「わしは…、バッシャに…お前みたいな…とったことないわい」の聞き馴《な》れた言葉が、ジンジン唸《うな》る耳に響《ひび》き渡った。

これに懲《こ》りて、次のテストの前にはちょっと勉強してみた。すると一躍《いちやく》、一番になった。このことを聞いて父は相好《そうごう》をくずし、とても喜んだ。私に内緒《ないしょ》で何べんも、学校の廊下《ろうか》へ「一番　木村斉」と貼《は》り出《だ》されているのを見にいっていたらしい。父も一人で見に行くのは照れ臭かったからか散歩とみせかけて妹たちを必ず連れていったので、いくら内緒《ないしょ》にしても情報《じょうほう》は私につつ抜けだった。

親父のために「一番」を取っているような気がして、あほらしくなり、次のテストでは一切勉強しなかった。するとまた、もとの二六番に逆戻り。

「ああ、俺の実力はこんなもん」と悟《さと》りを開いた。このあと、父は順位について何とも言わなかった。その頃、一層足の痛みが激しくなって息子が苦しんでいるのを見て、余りきついことも要求《ようきゅう》できなかったのだろう。

中学二年の夏の終りに、私は遂《つい》に足の手術《しゅじゅつ》を受けた。

手術のあとで父は担当の医師に聞いた。

「センセイ、私はあの子を石屋にしようと思うとるんですが、足は大丈夫ですか？」

「お父さん、いったい何ということを言うんです。息子さんの右の足首の骨は、ほとんど削《けず》られてしまって、いつ折《お》れるか判らないんですよ。あと少し手術が遅《おく》れていたら、足を切断《せつだん》せねばならなかったんですよ」

「…………」

「このあと完全に治るかどうかも判らないし、仮《か》りに治ったとしても、いつなんどき再発《さいはつ》を繰り返すかも判りません。この病気で一生を棒《ぼう》にふった人も大勢いるんですから」

「そしたら、石屋はできんということですか」

「そりゃあ、石屋といえば大きな重い石を運ぶし、とても過激《かげき》な労働《ろうどう》ですから、中学二年でこんなに身体が小さくて、しかもこの足の病気ではねェー」

その頃の私は、身長一三五センチ、体重三〇キロそこそこというチビであった。虚弱児《きょじゃくじ》そのものであった。

「それでは、息子に家業《かぎょう》を継《つ》がせるのをあきらめろと言うことですか」

「そういうことです」

私の入院闘病《にゅういんとうびょう》生活を契機《けいき》に、その後《ご》父は私によく言った。

「お前は、身体がこんまいし、足も弱いんじゃけに、しっかり勉強して、頭でメシを食うようにせにゃいかん」

なぜこんなことを突如《とつじょ》言い出したかは、母から父と医師の対話《たいわ》の内容をひそかに聞いていたからすぐにわかった。退院《たいいん》して、学校にも通え出した私は、それでも父のいうことにちっとも耳を傾《かたむ》けずに、絵やマンガを画いたり、小説など読んだり、ラジオで落語《らくご》を聞いたりしてちっとも勉強しなかった。そのため、担任《たんにん》の女の先生からいつもしかられていた。

「あなたは、足の病気で学校も長く休んだけれど、このクラスの男子の中では成績は一番なのよ。でも、あなたの前には女子が五人もいるのよ。あなたは、それでもくやしくはないの！」

と彼女は、とてもはがゆがっていたが、私はその叱咤激励《しったげきれい》もどこ吹《ふ》く風で、相変わらず落語全集などを買い込みそれを覚えて、級友や全校生の前で一席演《えん》じて笑わせては悦《えつ》に入っていた。

弟子《でし》の五人もかかえて、従業員《じゅうぎょういん》も二〇人近くにまで発展《はってん》した父の家業は順風満帆《じゅんぷうまんぱん》だった。魚の行商をしていた時の「丸吉《まるよし》」という家号を改称《かいしょう》し、「兼吉《かねよし》」石材工業所として、新工場を建て新鋭《しんえい》機械を導入《どうにゅう》した父は、村では押しも押されぬ名工として勇名《ゆうめい》をはせた。彼の鍛《きた》え抜かれた石匠《せきしょう》の技術は卓越傑出《たくえつけっしゅつ》していた。京阪神《けいはんしん》の著名人の石碑《せきひ》を数多く作った。各地の神社の鳥居《とりい》をたくさん建てた。出雲大社《いずもたいしゃ》の正面にある巨大な社号標《しゃごうひょう》も父が建立《こんりゅう》したものだ。

私は、松葉杖《まつばづえ》から解放されて自分の足で歩けるようになった中学三年の時、ひょっとして父の家業《かぎょう》が継《つ》げるくらいに回復《かいふく》するかもしれないと思いはじめていた。絵を画いたり、石碑《せきひ》の設計図を引いたりするのが得意だった私は、高校進学の志望《しぼう》は工芸高校の建築科にした。これだと、将来足がよくなれば家業《かぎょう》を継ぐことができると判断《はんだん》したからだ。

担任は、君の成績なら十分受かると太鼓判《たいこばん》を押してくれた。工芸高校の入試《にゅうし》に必要な色盲《しきもう》検査を受けずに、高松市の眼科医までいったくらいだから、その方針《ほうしん》は変るはずもなかった。

ところが志願直前《しがんちょくぜん》になって担任の先生が、

「木村、おまえ高松高校受けろ」と言った。

私はちっとも考えていなかった「高松高校」という言葉を聞いてびっくりした。大学などいく気のなかった私は、高松高校なる学校は眼中《がんちゅう》になく一切無縁《いっさいむえん》のものだと信じていただけに驚《おどろ》きあきれた。私は頭を縦に振《ふ》らなかった。遂《つい》に担任は、夜になると何回もわが家を訪問して、両親から切り崩《くず》しにかかった。両親は、家業《かぎょう》のことと息子の病気との大きなギャップの間で悩んだ。彼の熱心な説得《せっとく》と、志望《しぼう》を変えないのなら内申書《ないしんしょ》は書けないという強迫《きょうはく》に負けて、両親は折れた。まだ判断力、決断力の弱い私は、結局説《と》き伏せられてしまって、高松高校を受験《じゅけん》させられるのだった。

そして、幸か不幸か高松高校に合格してしまった。ところがもともといきたくてたまらなかった学校でないだけに、勉強があと一つ身に入らない。高校の同級生《どうきゅうせい》たちは皆秀才《しゅうさい》ぞろいで、強烈な劣等感《れっとうかん》に打ちひしがれた。

あまりの成績のひどさに、すっかり学校嫌いになってしまった私は絶望《ぜつぼう》のドン底で両親にもらした。

「もう、学校へはいきたくない。来年、工芸を受け直したい」

登校拒否傾向《とうこうきょひけいこう》のこの言葉に、しばらく鳴りをひそめていた親父の鉄拳《てっけん》が猛烈《もうれつ》な勢いで飛んで来た。

「男なら、歯をくいしばれ！」

これで目をさまされ、やっと気を取り直した私は高松高校でまがりなりにも、一生懸命《けんめい》生きることになるのだ。実力テストも一回ごとに少しずつあがってきて、希望《きぼう》の灯《ひ》がみえてきた。

生物学《せいぶつがく》を志して私が広島大学へと進学した頃、父はいつとはなしに、

「石屋は一代でいいのだ。こんなきつくてつらい仕事はわし一代限りでいい」

と人々にもらすようになっていた。私は、この父の「石屋一代《いしやいちだい》」という言葉の裏で、涙

ぐんでいた。父の家業《かぎょう》を継《つ》げない身体の弱さ、体力の無さ、精神《せいしん》の甘さをなげき悲しんだ。その頃、私とほぼ同年輩で父の徒弟《とてい》だった人たちは、父に厳《きび》しく鍛《きた》えられ激しく仕込まれて一人前の石工《せっこう》となり次々に巣立ち、高給《こうきゅう》が取れるようになっていた。

父が跡継《あとつ》ぎの私をあきらめる方向に心をねじ伏せていくのに反比例《はんぴれい》して、私は大自然の鞭《むち》で厳《きび》しく激しく鍛《きた》えられ、体格もよくなり体力がついていったのは余りにも皮肉《ひにく》な現象《げんしょう》だった。

大学を卒業して、あまり好きでなかった高松高に皮肉にも奉職《ほうしょく》した私は、それでもなお、何とかして父の家業《かぎょう》を継《つ》いでやりたいと思っていた。だから、夏休みや春休みには、トラックに石碑《せきひ》を満載《まんさい》して父といっしょに関西方面、中国方面を走り回った。県下でもあちこちへいって墓の建まえを手伝い、敷石《しきいし》の工事を手伝ったりした。そんな時の私を目撃《もくげき》した生徒たちは、

「どうも、あの人、木村先生によお似とるなあー」

といぶかった。

ある意味で私は不真面目《ふまじめ》な、やる気のないグウタラ教師だった。もし、私が不利《ふり》な条件で他校へでも変わらされるようなことにでもなったら、これ幸いとすぐさま教師をやめて、家業を継ごうと思っていたから気が楽だった。むしろ、それを望んだりもしていた。

ところがそのうち、生物学からサッカーの方へ興味《きょうみ》が移り、しかも熱中《ねっちゅう》してしまい、おいそれとはそこから足が抜けなくなってしまった。おまけに、長きにわたって転勤《てんきん》させられるということもないままに、ここまでやってきた。しかも、今さら石材の難しい技術を覚え込むにはもう若くない年になってしまった。職人《しょくにん》は若い頃から仕込まれてたたき上げられ、技術《ぎじゅつ》を修得《しゅうとく》しなくては一人前になれないのだ。

もはや教員の世界にどっぷりとつかって、その体臭《たいしゅう》が抜けなくなってしまった私は、おそらく父の仕事は継《つ》げないのだ。今ある道を懸命《けんめい》に歩むほかはない。人生は、自分の思ったように、また周囲の人たちが考えたように決してうまくいかないものなのだ。しかも、二度とやり直しのきかないものなのだ。数多くの紆余曲折《うよきょくせつ》をたどりながら、人生の行程《こうてい》なかばすぎを私はこうして歩いている。

父は老齢《ろうれい》に鞭《むち》打ちながら今でも大勢の工員を使い、石を叩《たた》き、墓石を乗せたトラックを運転して走る。母は今でも、朝から晩まで冷たい水で砥石《といし》を使い、せっせと石を磨《みが》いている。

生まれて一度も大病をしたことのない頑強《がんきょう》な父が、はじめて二週間ばかり入院した。ヘルニアで手術したわけだが、これでやっと父にも他人の痛みがわかるだろうと皆で話しあっていたら、こっそり病院をぬけ出して工場へ行き従業員たちに仕事の段取《だんど》りを指示《しじ》していたという猛烈《もうれつ》ぶり。このすさまじさに皆が仰天《ぎょうてん》した。

退院《たいいん》したらしばらくは家で神妙《しんみょう》に養生《ようじょう》しているのかと思ったら、早速翌日から車を運転して走り回っているのだから、これは「怪物《かいぶつ》」という他はない。仕事への情熱に燃えたぎる男の気迫なのだ。私はとてもかなわない。

森繁久彌《もりしげひさや》さんの招待《しょうたい》で、私は徳島市へ彼の「屋根の上のヴァイオリン弾《ひ》き」を観《み》に行った。彼の演ずる厳《きび》しくもやさしいテヴィエという父親、森繁久彌という演技に情熱かける若くもない俳優、木村数一という人生を真剣に生き続けている職人とがお互いに交錯《こうさく》して、幕がおりてなお延々《えんえん》と一〇数分にわたってどよめき続くカーテンコールの中、めくるめくものを覚え、涙が頬《ほほ》を伝わり溢《あふ》れてやむことはなかった。

「サンライズ、サンセット…」の大合唱。まさしく、日は昇り、日は沈みながら親子の歴史は形づくられていく。

10 出会いと別れと

失いつつあるもの

ある夜、書斎《しょさい》で鉛筆《えんぴつ》を使って書き物をしていた。書き損じたので、消しゴムを探したが見つからない。居間でテレビを見ている子供たちに向って叫《さけ》んだ。

「おーい。消しゴム貸してくれ」

しばらくして、娘がビニール袋を下げて登場。

「はい、お父さん。どれにする？」

私はそれを見てびっくりした。彼女の持っているビニール袋の中には何十個と消しゴムがつまっているのだ。まるで、これから捨てに行くゴミの山のごとくに……。四角いのやら、丸いのやら、棒状のやら、星形のやら、赤や、黄や、青や、白や、黒や、とにかく形《けい》状《じょう》・色彩《しきさい》ともにとりどりさまざまで、私はそれらを一つずつ手にとってためつすがめつ「フーン」と唸《うな》って睨《にら》んだ。なかには、マンガ入り、香水《こうすい》入りなどというのもあって驚《おどろ》きあきれた。

「お前、これ全部買うたのか？」

「ううん、学校で友だちがくれたものや、拾《ひろ》ったものばっかし」

「友だちがそんなに簡単《かんたん》に消しゴムくれるのか？」

「うん、みんなたくさんもっていて、交換《こうかん》したりするの」

「落とした消しゴムは誰も探したりはせんのか？」

「うん、教室のおそうじすると、なんぼでも落ちとるもん」

私は書き損じた字を消すのも忘れて、それらの消しゴムを見つめながら深く考え込んだ。

——わが子たちには想像《そうぞう》もできないだろうが、私の小学校の頃は、敗戦後《はいせんご》しばらくしての暗い、みじめな時代だった。年中《ねんじゅう》腹をすかせていたし、鉛筆や消しゴムや紙さえろくになかった。今の世の中を見ていると「日本はいつのまにこんなに金持ちになったのだろう」と、真実《しんじつ》、不思議《ふしぎ》で、不思議でたまらない気持ちになることがよくあるのだ。

終戦後、間もなくして、小学校へいっても、満足に鉛筆もない、消しゴムもない。私は色々な工夫をした。消しゴムは自転車のタイヤのゴムの切れ端《はし》など使ったが、紙が粗悪《そあく》なのですぐ破けた。海辺へいってイカの甲《こう》を捨ってきて、それを削《けず》り、消しゴム代りにしたが、これとても石灰質《せっかいしつ》の白い粉が出るばかりでうまくは消えず紙には大きな穴があいた。

何もない時には、手につばをつけてこすった。紙はまっ黒になり、すぐに穴があいた。

友だちが新しい情報《じょうほう》を聞きつけてきた。鉛筆《えんぴつ》の削《けず》りクズをよく煮つめると、それが固まって、具合《ぐあい》のいい消しゴムができるというのだ。私はそれを信じ切って鉛筆の削りクズを集め、家で七輪《しちりん》に炭で火を起こし、鍋《なべ》に水を入れて何時間もそれをグラグラと煮つめた。しかし、いつまでたっても消しゴムらしきものはでき上がらなかった。ウドン粉や糊《のり》を加えてみたが徒労《とろう》であった。それは当然《とうぜん》といえば当然のことだが、希望を持って消しゴム作りに熱中したのは、それだけに期待《きたい》で胸打ちふるえ、とても楽しくユーモラスな思い出となって甦《よみが》える。貧しさとは、常に何かを求めようとする「創造《そうぞう》の喜び」につながるのだと思う。

わが高校にもたくさんのものがあちこちに落ちている。消しゴム・鉛筆・シャープペンシル・ボールペン・万年筆《まんねんひつ》・ものさし、はては、時計・靴・傘《かさ》等々。特に最近では時計の落し物の非常に多いこと。落し物の陳列《ちんれつ》ケースに、高級時計の数々が山と積まれてあるのには、びっくりする。しかもそれを夜の闇《やみ》に紛《まぎ》れて盗《ぬす》んで行った泥《どろ》ちゃんのおったのには一層びっくりした。体育館での時計の忘れ物、落し物も多いそうだが、誰も探しに来ないという。体育教官室には、一〇個近い高級時計（教員の安月給ではとても買えない代物《しろもの》）が常時《じょうじ》ぶらさがっていた。

時計をなくした生徒たちは、両親にねだりさえすればすぐにそれを買ってくれるというのだろうか？　時計でさえかくやというのだから、鉛筆や万年筆などは生徒たちは鼻にもかけないというのだろう。鉛筆など教室で拾いあげて、「これ誰の？」と尋《たず》ねても、誰も名乗りをあげないので、私の机の引出しには、鉛筆が何十本もジャラジャラと溢《あふ》れている。近年、私は一度も鉛筆を買ったことがない。この文章を書いている鉛筆も「これ誰の？」ものなのである。

小学校一年生の冬、私は母の命で田んぼの畦《あぜ》に棒で穴をあけてソラマメの種を植えさせられた。寒風吹《ふ》きすさぶ夕暮れのこととて私の指先はかじかんでしまい、身体は凍《こご》えあがり、鼻水《はなみず》をすすりながら、涙をこぼしながらの農作業《のうさぎょう》であった。仕事を終えて家に帰ると母が「御苦労《ごくろう》さん。これ、お駄賃《だちん》」といって、五円玉一個を手に握《にぎ》らせてくれた。私は五右衛門風呂《えもんぶろ》に薪木《たきぎ》をくべながら、暖《だん》をとりつつ、この五円の駄賃《だちん》が嬉《うれ》しくてうれしくてたまらず、何度も握《にぎ》りしめたり、手のひらに開いたりして、橙《だいだい》色の炎《ほのお》に照らされて黄金《こがね》に輝く金貨（？）を眺《なが》めていた。翌日、この五円で私は一本の鉛筆を買った。その鉛筆は今のそれと比べると、粗悪《そあく》で削《けず》りにくく、折れやすく、芯《しん》質も良くはなかった。だが、私はそれを大事に大切に愛しみつつ使った。細竹を切って鉛筆キャップを作り、最後のひと削りまで使った。長さが一センチほどになるまでに……。一本の鉛筆を得るための厳《きび》しくつらい労働《ろうどう》、そしてその結果得られた一本の鉛筆。それらは働くことの貴《とうと》さと、物の大切さを教えてくれたと思う。

――恵まれた時代は、恵まれているがためにかえって若い人にはよくない面もある。努《ど》力《りょく》を忘れたり、創意工夫《そういくふう》を怠《おこた》ったりするからだ。人の一生は近道《ちかみち》をした者がきっと遠くまでいくとは限らない。まわり道をしたためにかえって「かけがえのないもの」を得ることも多い。この「かけがえのないもの」こそ最近の若い人たちが「失いつつあるもの」ではないだろうか？

親しい人びとの死

一昨年から今年にかけて、私には信じられないほどの悲しみと苦しみが襲《おそ》い続けた。高校時代からの無二《むに》の親友の死。一二年間もベッドに横たわったまま帰らぬ人となった。「人間は考える足」に登場する〝君〟のことだ。崖《がけ》から転落負傷《てんらくふしょう》し、下半身不随《ふずい》のまま苛《か》酷《こく》なまでの人生と闘《たたか》い続けていたのだ。医師にあとでお聞きしたことだが、「木村先生、彼はあなたの生きざまをみつめながら唯一《ゆいいつ》の生命への希望を託《たく》していたのですよ」

としみじみ語られた時には、不覚《ふかく》にも涙がこぼれた。

そしてお母様は、

「木村さん、うちの子はあなたから贈られた『足物語』を何度も何度もボロボロになるまで繰り返し読み続けていたのです。うちの子も元気になったらあなたといっしょに走ることを夢み続けていたのですよ」としみじみ語られた。


四〇年間という永《なが》きにわたって、大勢の生徒たちから敬愛《けいあい》され続けてきた化学の前川先生がなくなられたのもつい先日のことだ。ヒルトンの小説「さよならチップス先生」のようなお人柄《ひとがら》の温厚《おんこう》な先生であった。「前川先生」や「チップス先生」をみて私は教員になろうと決心したほどだ。ニックネームは「キャラメル」と言われ、とてもやさしくキャラメルのように甘い先生であった。化学の苦手《にがて》な生徒の点数が悪いと適当に下駄《げた》をはかせてくださった。私など化学がすこぶる苦手でいつも三〇点位しか取れなかったので、もっぱら「キャラメル」先生の恩恵《おんけい》に属した部類である。

化学の授業時間に教科書を見ているとÅ（オングストローム）という単位が出ていた。ところが、あちこち調べているとあるページにこの単位にÅというのが一個だけ載《の》っていた。

疑問に思った私は、意を決して手をあげて先生に質問した。

「先生、どのページのオングストロームもÅというマークですが、このページだけは・Aとなっていますが、何か意味があるのでしょうか？」

すると先生、教科書をパタンパタンと叩《たた》きながら感極《かんきわ》まってのたまった。

「君はすごい奴《やつ》じゃ。出身中学を言え」

「庵治《あじ》中です」

「そんな中学校あったんか？」

「はい、あるんです」

「そういや、舟で通ってくる中学校じゃな」

「いえ、今は自転車で通ってます」

私はその頃、陸の孤島《ことう》と呼ばれた庵治《あじ》村から足の届きかねる真黒い重いツバメ号という自転車を踏《ふ》んで石コロだらけの舗装《ほそう》されてない坂道をギイコギイコと汗をかきかき押しつつ、毎日片道五〇分もかかって通学していた。中学二年で足の手術での病《や》み上《あ》がりで身体《からだ》の弱かった私はもう学校への往復《おうふく》だけで疲労《ひろう》困憊《こんぱい》して勉強どころではなかった。

「田舎の中学出身にしては、君は非常に素晴《すば》らしい観察力《かんさつりょく》をもっとる。今までÅと・Aの違いに気づいた者は、ここで何十年も化学を教えて来たが誰一人としておらなんだ。君は将来《しょうらい》化学者になりたまえ」

「それはいいですけれど、先生、○印と●印の違いは何ですか」

「おー、それそれ。じつはこれじゃが、折角《せっかく》気づいた君にはちと気の毒じゃが、○印の印刷がつぶれて●印になったんじゃろ」

この先生の明快《めいかい》な答えで、クラス中がドッと沸《わ》いた。一年生の「野郎《やろう》組」だったので、もう皆気も狂わんばかり、涙を流して笑うものやら、机をたたいて笑いころげるものやら、もうしばらくは授業にならなかった。しばらくの間、私は「オングストローム」というあだ名を頂戴《ちょうだい》した。

私は結局化学は苦手なままで化学者にはなれなかったが、生物の教師として先生といっしょに勤務する栄誉《えいよ》には恵まれた。その後、退職されて悠々自適《ゆうゆうじてき》の生活を送っておられたが、先日七八歳の天寿《てんじゅ》を全《まっと》うされた。

「キャラメル先生、さようなら」

評論家の樋口《ひぐち》恵子さんの言葉に、

「人間は冠婚葬祭《かんこんそうさい》を数多く体験しながら、人間らしく立派《りっぱ》に成長していくのです」

という言葉がある。

それにしても、なぜ余りにも矢つぎ早やに、それらが起こるのか。先の「間違《まちが》われの記」

で登場した家庭訪問先の教え子。東京で急死の訃報《ふほう》。享年《きょうねん》二七歳の若さで……。手広く製造業を営んでいるお父さん。「お友達が遊びに来たよ――」と呼ばれて出てきた彼。成績優秀で明朗快活《めいろうかいかつ》、サッカー部全盛時代のキャプテンとして重責《じゅうせき》を遂行《すいこう》してくれた彼。さわやかな笑顔と額《ひたい》の汗が印象的なスポーツマンだった。

久しぶりにお父さんとお会いして、

「先生、もうシワもふえて、もう生徒さんとは間違《まちが》われませんなあ――。あはは」

と笑いつつ彼の話題に移ると、

「今、東京の支店でがんばって働いてくれて助かっております。お嫁《よめ》さんの世話も先生にお願いせねばなりませんなあー」

などと東京での彼の元気な活躍《かつやく》ぶりを想い浮かべつつ、いいお嬢さんがいれば世話してあげようという矢先《やさき》であった。

私は、彼の葬儀《そうぎ》でその悲しみに耐《た》えうるのか？

この一年の間に数多く経験した「冠婚葬祭《かんこんそうさい》」。私は本当に樋口さんの言うように人間らしく成長していってるのだろうか？　悲しみばかりに打ちひしがれて弱々しく逆戻りしているのではないだろうか。

卒業生たちからよく電話をもらうが、今夜も東京に在住の一児の母親になった教え子からのなつかしい通話があった。私が最近色んなことですっかり滅入《めい》っていることを告げると彼女から叱咤《しった》が受話器を通して美しい明瞭《りょう》な声で、それでいて厳《きび》しい口調《くちょう》で飛んできた。

「先生が、いったい何を言うのですか。私は苦しくなったり、悲しくなったり、淋《さみ》しくなったり、耐《た》えられなくなったりすると必ず先生の『足物語』を取り出して読んで私もがんばらねばと励《はげ》まされているのです。もうボロボロになる位読んでるのですよ。先生、決して弱気《よわき》にならないで、マラソン大会でトップで走ったあの頃のようにいつまでも元気でがんばってください」

『足物語』を書いて大勢《おおぜい》の人たちを激励《げきれい》し慰《なぐさ》め続けてきたらしい私が、今は『足物語』の気持ちをややもすれば失いがちになっている。そうだ。人間生き続けるということは決してなまやさしく、甘いものじゃないのだ。もう一度、自分の原点《げんてん》に立ち帰って、人生を、人間を問い直そう。そういう新しい試練《しれん》の時が再びやって来たのだ。今度は、「足」という肉体にではなくて、「生きる」という精神に対してなのであろう。そして、人と人との「出会いと別れ」の喜びと悲しみと苦しみを大切に心の奥底に秘《ひ》めながら生きていくのであろう。悲報《ひほう》を乗り越える力の方が、朗報《ろうほう》に踊《おど》っている心より強くなるのだと信じつつ……。

真珠《しんじゅ》の美しさを讃《たた》えるまえに
貝殻《かいがら》の痛みを思いたい

中西《なかにし》　龍《りょう》

私は走りつづける

マラソン大会が無くなって久しい。ある年、私はマラソン大会復活《ふっかつ》を呼びかけて檄文《げきぶん》を書いた。

「先日、マラソン大会が全校投票の結果、中止となった。私は諸君がこんなにまで意気地《いくじ》無《な》しとは思ってもみなかった。私のような者でさえ、若い君たちといっしょに走ろうと毎日努力し、練習を重ねていたというのに――。君たちのように、苦しさや寒さから逃がれることばかり考えていたら、何で人生の意義《いぎ》を感じることができようか。いま苦しさに耐《た》え、走り抜くことを拒否《きょひ》したら、いつ人生の急坂《きゅうはん》を走れるというのか、これからの厳《きび》しい人生に耐《た》え抜くことができるのか。若い君たちが一つの試練《しれん》を棄《す》てたことに激しいいきどおりを感じるとともに、君たちに失望《しつぼう》の念を抱《いだ》かざるを得ない。

――お前ら、もうちっとしっかりせいよ！」

私はいまなお「青春の夢」をかけて走り続けている。学校のグラウンドで、紫雲山《しうんざん》のハイキングコースで、河川敷《かせんしき》のサッカーコートで、五剣山麓《ごけんさんろく》で…。雨の日も、風の日も、霜《しも》の日も、雪の日も、休むことなく走り通している。

弁論大会《べんろんたいかい》も中止になった。生徒たちが自分の発表すべき信念《しんねん》や、意志《いし》の強さを失ってしまったからだろうか。

今年の生徒会長立候補《こうほ》演説会もはがゆく思ったことだ。何カ月経《た》っても誰一人として立たず、いざ立ったら立ったで、質疑《しつぎ》は候補者《こうほしゃ》を引き倒すことばかり。あとはわれ関《かん》せずか。生徒たちに建設的意見と協力がなくて、何で素晴《すば》らしき学園生活が得られるものか。素晴らしい高校生活は教師が与えてくれるものではない。生徒たち自らが創《つく》り出すものなのだ。

集会があって、誰かが壇上《だんじょう》に上がると立つあの「シー」というやつは何だ。そんなに「シー」をしたいのなら便所へ走れ。人をヤジるのなら、大きな声で皆に聞こえるように痛《つう》烈《れつ》かつ明快《めいかい》に、正々堂々《せいせいどうどう》とやれ、集団の闇《やみ》に紛《まぎ》れて、姿も見せずに言葉にもならない無声《むせい》音《おん》を発して、お前たちはそれで溜飲《りゅういん》がさがるのか。紙飛行機とばしたいなら、自分の家の中でやれ、それなら他人に迷惑《めいわく》もかけぬだろう。

一昨年あたりからこれらの傾向が強くなった。私の授業ででも、私がトチッたり、シャレにもならないシャレが出たりすると、「シー」が立った。私は激怒《げきど》した。

「卑怯《ひきょう》な真似《まね》はよせ！　正々堂々とヤジれ！」

こんな風にいきどおりながらも、やはり高校教師はやめられない。なぜなら、共に口論《こうろん》したり、わめいたり、喜んだり、笑ったり泣いたりしながら生徒たちとの学園生活、青春時代は形づくられていくからだ。

そして、学園生活ひいては『足物語』を通じての私と教え子たちとの、そして見知らぬ人をも含《ふく》めてのコミュニケーションは厖大《ぼうだい》なものとなり、かつ捨て難《がた》いものである。数千通におよぶ『足物語』に寄せられた全国各地からのお便りの数かず。

こうした数かずの読者からの手紙に励《はげ》まされて、私は『足物語』を書きつづけてきた。

シラーの「青春の夢に忠実《ちゅうじつ》であれ」は私の好きな言葉だ。

今なお燃え尽《つ》きぬ青春のほとばしりを深く胸に秘《ひ》めながら、私はトボトボとボールを蹴《け》りつつ走り続けていくだろう。

野を海辺を、山を、私は相変らず「はしるいのちの美しさ」を求めながら、「青春の力走《りきそう》」を続けていくだろう。人生は生きている限りすべてが「青春」であると信じつつ……。

完

第2部　老足《ろうそく》物語

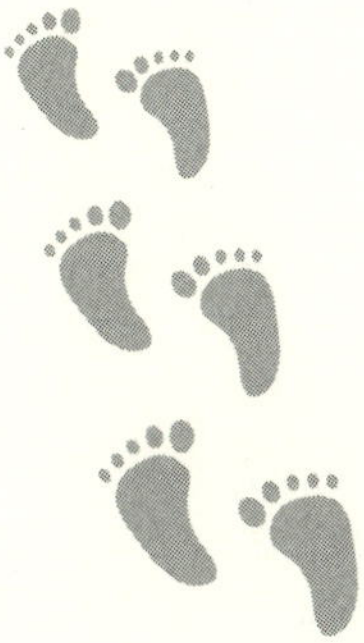

1 石屋一代

「この石屋は、わし一代で終わるのか」が、亡父・数一《かずいち》の口癖《くちぐせ》だった。諦《あきら》めともつかず、自分に対する強引《ごういん》な言い聞かせとも聞こえた。同業者やお施主《せしゅ》さん達から、何でこんなに大きな工場と大勢《おおぜい》の従業員をなくするのですか？　と聞かれる度《たび》に、父はにこりともせず『足物語』を手渡して、「これ読んだら分かるぜ」と言うのが常《つね》だった。

貧農の家に生まれ、六人きょうだいの長男だった父は、幼い頃から家計《かけい》を支える為、よく働いた。勉強もよくし、体格も良く、いわゆる健康優良児であった。背も高くハンサムで、私と一緒に歩いていても父子《おやこ》だと思われたことは一度もなかった。西部劇《せいぶげき》の大スター、ジョン・ウエインによく似ていると言われていて、私もそれは同意する。大阪での修業《しゅぎょう》時代には、侠客《きょうかく》の大親分から気に入られ、組頭《くみがしら》にならんかとスカウトされた程の任侠《にんきょう》の人だった。田舎の長男でなかったら、その道に進んでいたかも知れんとも言っていた。人望もあつく、石材業界の要職《ようしょく》を兼ね、町会議員も三期務め上げた。

母・コスミはどこででも「ひょっとして、木村先生のお母さんでは？」と、常時言われ続けた。

父は大きく、母は小柄だが、二人ともよく働いた。短気で癇癪《かんしゃく》持ちの父はすぐカッとなって、年中当たっていたが母はよく我慢《がまん》して、石の磨《みが》き仕事をし、一家を切り盛りしてきた。父は非常に腕《うで》の立つ石匠《せきしょう》だったので、多くの弟子がつき従業員も増え、戦後景気の上昇とともに、家業《かぎょう》もどんどん発展して行った。だから、私は父の創業《そうぎょう》した「兼吉石材」の後《こう》継《けい》者として、第二代目社長になる道は約束されていた。だが、それがかなわぬ道となったのは、すでに『足物語』で書いてきたとおりである。

知恩院《ちおんいん》、観自在寺《かんじざいじ》の納経塔《のうきょうとう》、屋島《やしま》寺の敷石《しきいし》などは父の代表作だ。二五年以上も前のことになるが、土佐の財閥《ざいばつ》池田竹一郎氏が熱烈《ねつれつ》な「出雲《いずも》大社《たいしゃ》」信者だったので、大社には社《しゃ》号標《ごうひょう》がないのが気になっていた。ぜひそれを寄進《きしん》したいと申し出て、それに値する人だと宮内庁《くないちょう》から許可を頂いた。ところがその大工仕事のできる石材業捜《さが》しに窮《きゅう》した。彼は、ついに香川県庁へ行って、石の町、庵治《あじ》・牟礼《むれ》の石屋さんでこんな仕事ができる人はいないか？　と尋《たず》ねると、即座《そくざ》に庵治《あじ》の兼吉さんしかいないと回答があった。

軍旗《ぐんき》拝領《はいりょう》や柔剣道の天覧《てんらん》試合で、天皇陛下に謁見《えっけん》の経験のある父は、名誉《めいよ》なことと、仕事をお引き受けしたものの、天皇家の仕事なのでだれでもよいというわけにはいかないらしい。木村ファミリーは、ありとあらゆるチェックを受けて、やっとゴーサインが出たらしい。私ができの悪い極道《ごくどう》息子で、警察のご厄介《やっかい》になるような事でもしていれば、させて頂けなかった仕事だ。

巨大な原石はもはや庵治《あじ》の丁場《ちょうば》（石切場）から切り出す事はできず、瀬戸内海の北木島《きたぎしま》で採掘《さいくつ》した。フェリーで運んだが、これだけで船が傾《かたむ》くほどで、静々《しずしず》と航行《こうこう》した。「兼吉石材」第二工場もこの石だけで一杯になった。原石を削《けず》り、磨《みが》きあげる仕事は大勢《おおぜい》の石工《いしく》・磨《みが》き屋が関わった。

「出雲大社《いずもたいしゃ》」という文字は、宮内庁から送られてきた。天皇陛下のご親筆官《しんぴつかん》・中島穣治《じょうじ》先生の筆によるもので、それを見た我々は目を見張った。一文字が一畳《じょう》ほどもあり、黒々とした墨《すみ》で、太々と書かれた見事な筆跡《ひっせき》であった。さすが、天皇陛下の書道の先生ならではの運筆《うんぴつ》であった。

余談だが、この原書は木村家の「お宝」としてなぜか、ピーナッツ入れのブリキ缶に大切に保管されている。牟礼《むれ》町に「石の民俗資料館」ができる時、係の人が我が家を訪れてぜひ展示用として「出雲大社《いずもたいしゃ》」の原書を譲《ゆず》って頂きたいと申し出があったが、存命中《ぞんめいちゅう》の父はこれは「木村家の家宝」だから、門外不出《もんがいふしゅつ》であると言って首を縦に振《ふ》らなかった。私はこの原書を石に写し取る仕事を手伝ったが、書を傷つけないようにと細心の注意を払い、一仕事終えると手や額や腋《わき》に汗びっしょりだった。

完成した石柱を出雲《いずも》大社《たいしゃ》に運ぶのも大変だった。今のように高速道路もなく、トラックはウンウン唸《うな》りながら大山《だいせん》の麓《ふもと》の人形峠《とうげ》を越えようとしたが、どうしても越えられない。急きょ、地元のトラックを呼び、ロープで牽引《けんいん》してもらったが、そのロープもぶち切れるという、石の重さだった。

父と池田氏は、皇室《こうしつ》かＶＩＰしか入れないという奥の院の間で、白装束《しろしょうぞく》で神官のお祓《はら》いを受けて、けがれを清めた。その時の写真が残っているが、父が社殿《しゃでん》前で池田氏と、誇《ほこ》らかに胸を張っているのが嬉《うれ》しい。市井《しせい》の人物では、絶対に入れてもらえない所というから、家内と一緒にお参りした時「お父さんは、あの本殿《ほんでん》の奥でお払《はら》いを受けたのかしら」と、思いを馳《は》せていた。

工事現場は竹枠《たけわく》で囲み、神域《しんいき》として行われた。クレーンなど使わせてもらえず、古式豊かに木組みと荒縄《あらなわ》を使って、巨石を立ち上げたのだから、大変な難工事であった事は想像に難くない。父は周囲の強い勧《すす》めもあって、裏に施工者《せこうしゃ》の名前を遠慮《えんりょ》がちに小さく浅く刻《きざ》んだ。だから、よっぽどの人でない限り、この工事はどこの誰がしたのかまでは分からない。父は迎合《げいごう》や追従《ついしょう》が大嫌いな男で、要は腕《うで》で勝負するという気骨《きこつ》の人だった。「日本一の石屋」と呼ばれた所以《ゆえん》だ。私も気性はお父さんによく似ていると言われるが、とうていかなわない。

そんな訳で、父は年収億単位の金を稼《かせ》ぎ出していた。一方、私は相変わらずの薄給《はっきゅう》であった。そんな私を父はいつも「赤貧《せきひん》洗うがごとし」と酷評《こくひょう》していた。私が、お花畑を見たい一心で、大学で生物学を勉強したいと言うと、「あほうが、それは天皇陛下様の勉強じゃ。銭《ぜに》にもならん事をしくさって」と、毒づかれていた。教員になってからも、山へ登ったり、サッカーばかりしていたものだから、一つも仕事せずに遊んでばかりいると思われていた。父の発想だと、身を粉《こな》にして汗水垂《た》らして額に汗するのが仕事だ！と、確固《かっこ》たる哲学を持っていた。私の仕事は、お遊びにしか映っていなかった。

「せがれは、ちっとも働かん奴ですわ」と、親しい人々にぼやいていた程だ。

健康を回復した私を見て、「そんな安月給なら早くわしの跡《あと》を継《つ》げ」とよく言った。一方、私は授業で教室を沸《わ》かす快感や、サッカーの虜《とりこ》になってしまい、薄給《はっきゅう》以上の面白さや、やり甲斐《がい》を教員生活に抱《いだ》いていて、おいそれとはふんぎりがつかなかった。これらがなかったら、即《そく》継《つ》いでいたはずだ。

向上心《こうじょうしん》が強く負けん気の強い父は、「兼吉を継がんのなら、せめて校長にはなれ！」と言っていた。校長にして下さい、でなれるものでもなく、私は懸命《けんめい》に新設高校作りに取り組み、さらには生み育てたサッカー部全国大会初出場を目前にしていた。そんな折、思いもかけない「県教育センター」へ転勤させられたから、教育関係者、サッカー関係者は言うに及ばず周囲がびっくりした。父は教育界の事はよく分からないから「県」と聞いて、そこを出る時は教頭ぐらいにはなってくれるものと思っていたらしい。が、いざふたを開けてみると遙《はる》か遠方の高校へ私だけが無印《むじるし》で変わらせられたものだから、「おまえは、あんな遠いところへ行かされるんか？」とガックリと肩《かた》を落とした。私もこんな目に遭《あ》う位なら早く継《つ》いどけばよかったと後悔《こうかい》した。

さしもの頑強《がんきょう》な父も晩年は病魔《びょうま》に勝てず、生きていても余り面白くないと思ったのか、早ばやとあの世へ旅立ってしまった。遅《おく》ればせながら、やっと定時制の教頭にして頂き、せがれが早稲田《わせだ》大学に合格したのを、報告したのは墓前《ぼぜん》であった。

「おじいちゃんは、いい冥土《めいど》の土産《みやげ》を持っていけなかったねぇ」が、木村家の繰《く》り言《ごと》であった。後を継《つ》ぎ「日本二の石屋」になる予定だったのがそれもなれず校長にもなれず、ここまで来てしまった。

短気な父は天国できっと、歯がゆいときのいつもの癖《くせ》だが、例の歯ぎしりをしているに違いない。

2 カラオケ

これが、何語であるか知らない人も時にはいる。和洋折衷《わようせっちゅう》語である。つまり、カラ(空)＋オーケストラである。歌謡《かよう》曲・演歌好きの日本人ならではのアイデアだろう。カナダでは見なかった。

平成元年に、生徒のいない「教育センター」勤務となって周囲がびっくりしたが、私自身も驚いた。

木村が教育センターで、三つの変身をしたとうわさが流れた。

①ワープロを使えなかった木村が、使えるようになった。

②カラオケを歌わなかった木村が、歌うようになった。

③酒の飲めなかった木村が、飲めるようになった。

①②は間違《まちが》いなく事実である。③はデマである。相変わらず酒には弱い。ビール一杯で真赤になる。

かつて、某《ぼう》新聞のコラム欄《らん》を担当していて、「カラオケ公害」について書いたことがある。この記事は完全撤回《てっかい》する。カラオケの存在意義が良く分かったからだ。

私はカラオケを歌わないので、有名だった。歌は嫌いではないのでよく聞いたり、音楽の時間には大きな声で歌っていた。小学生時代はよく通るボーイ・ソプラノの美声？　だったようで、放送設備の充実していない時代で、人を呼ぶのにいつも拡声器《かくせいき》代わりに重用《ちょうよう》された。大学時代はしばらくの間、グリークラブで歌っていたこともある。パートはバリトンだった。

先日、夕食時にベートーベンの「第九《だいく》」が話題になり、家内にあの「歓喜《かんき》」の歌い出しは、〝オ・フロイデ‼〟O Freudeというんだよと大声で歌った所、彼女びっくりして、「あんた突然〝お風呂入れ〟って気でも狂ったの？」と言われた。

教員になって一日三、四時間も授業をやり、放課後サッカーグラウンドで大声を出していたら、声を潰《つぶ》してしまった。私の声を「いつも、ビブラートのかかった素敵《すてき》な低音でいらっしゃいますね」と同僚《どうりょう》の先生から言われたが、何のことはない「ダミ声」になっただけのことだ。失声《しっせい》して教職を断念せざるをえないような、窮地《きゅうち》に追い込まれたこともある。その窮地《きゅうち》は何とかクリアーできたが、朋友《ほうゆう》の耳鼻《じび》科医から声帯《せいたい》を酷使《こくし》しないようにと釘を刺《さ》されていた。で、宴会《えんかい》ではほとんど歌わなかった。どうしても歌わざるを得ない時には、大学時代に奄美大島《あまみ》で、田端義夫《たばたよしお》より早く習い覚えて帰った「島育ち」だけ歌った。

「教育センター」で、ものを言わない生活に入って鬱々《うつうつ》していたのか、ある日宴会《えんかい》があり、カラオケ一曲だけ歌った時、爽快《そうかい》感を覚え、その勢いで立て続けに一〇数曲ほども歌ってしまった。それからカラオケに開眼《かいがん》し、病みつきになってしまったのだ。

「マイクを持ったら離さない木村」と、悪名《あくみょう》が立つようになった。

月に一、二回は歌いに行っている。そのうち家内も触発《しょくはつ》されて、あれこれお互いに歌っていると、交互に教え合うこととなりレパートリーを雪だるま式に増やして行っている。日曜日の午後四、五時間は歌う。最初から演歌は歌わない。まずはバラード調からスタートする。最近は洋楽が増えたのでナット・キング・コールやアンディ・ウイリアムスから歌い始め、これらが第一部。休憩《けい》時には、なぜか必ずタコヤキとコーラを注文している。プロ歌手はどんなんかな？　第二部からは歌謡曲・演歌に入る。渥美《あつみ》二郎やフランク永井あたりから始め、後半は河島英五《えいご》や北島三郎となる。最近のトリは、他項で書いているようにサブちゃんになった。人間、変われば変わるものである。

「思い出が歌に寄り添《そ》い、歌が思い出に寄り添《そ》う。このようにして歳月《さいげつ》は流れて行きます」

私が大ファンだった、故NHKアナウンサー中西龍《りょう》氏の名ナレーションである。

3 看護婦さん

小学生時代から足の病気に襲《おそ》われ、活発に運動ができなくなったのはつらかった。病名はあとで分かったことだが、慢性骨髄炎《まんせいこつずいえん》であった。小学校二年時に発病し、中学二年で病名が判明し、手術にいたるまで七年間もこの業病《ごうびょう》で苦しんだわけだ。

医師はＸ線写真を見ながら、眉《まゆ》をくもらせて母と私に言った。「これはひどい。最悪の場合は、足を失うかもしれない」と……。その言葉を聞いた私は、背中から氷水《こおりみず》を浴びせかけられた思いで、ゾーッと震《ふる》え上がった。「せめて足だけは失いたくない。どんなボロの足でも、身体についていて欲しい」と、神に祈った。

手術は下半身麻酔《ますい》で行われた。教え子に医者が多いのでこのことを話すと、「先生、今なら全身麻酔《ますい》で手術しますよ」とのことであった。当時の原始的な荒療治《あらりょうじ》であったのだろうが、それゆえ手術の経過はすべて記憶に残った。手術はずっと恐怖《きょうふ》の連続であったが、今まで自分を苦しめた腐《くさ》った骨がガリガリと削《けず》り取られていくのを聞いて、心の中では不安と希望が入り交じっていた。ラッキーなことに足を失うことはなく、医師が母に、「息子さんの骨の悪い所は徹底的《てってい》に取り除きましたよ」と言っていたのが記憶に鮮明《せんめい》だ。

ストレッチャーで、手術室から病室に運ばれる時に、医師が看護婦さん達に「そっと大事に運べよ。振動《しんどう》が加わると骨が折れるから」と言ったのが、手術の壮絶《そうぜつ》さを象徴《しょうちょう》していた。その後のガーゼの交換には毎日泣き呻《うめ》いた。四人の看護婦さん達に四肢《しし》を押さえつけられて、医師が容赦《ようしゃ》なくザクロのように切り開いた傷口から血だらけのガーゼの固まりを取り出し、真新しいガーゼをグイグイと押し込むのだ。強烈《きょうれつ》な痛みに歯を食いしばり、こぶしを握《にぎ》りしめ、大粒《つぶ》の涙を流しながら「ギャーッ！」と泣き叫んだ。信じられないことだが、傷口がふさがる頃はコヨリのようなガーゼの交換《こうかん》までをしていた。

でも、その痛さや苦しみを救ってくれたのは、優しくて親切な看護婦さん達であった。私の泣きじゃくる姿を見て「もう少し頑張《がんば》れば、傷も良くなり、自分で歩けるようになるからね」といつも優しく声をかけてくれ、介抱《かいほう》して下さった。その言葉を耳にして、私は夢と希望を膨《ふく》らませていたのだった。もう四〇年以上も前のことだから、看護婦さんの名前も顔も忘れてしまったが、何かと優しく面倒《めんどう》見て下さり、看護して下さったのは嬉《うれ》しかった。

ガーゼ交換の時には鬼婆《おにばばあ》のように思えたが、それ以外は素敵《すてき》で、優しいおねえさん達であった。毎日ペニシリン注射を腕《うで》にするので、両肩《かた》ともパンパンに腫《は》れ、固くなってしまい、看護婦さんと針を突き刺《さ》す柔《やわ》らかい皮膚《ひふ》を捜すのに苦慮《くりょ》しながら、そんなことで四方《よも》山《やま》話ができるのが楽しかった。クラスの友人達から送られてくる、見舞いの手紙も一緒に読んでもらった。母は最初のうちは、泊まり込んで看病《かんびょう》してくれたが、石材の仕事が忙しいので、それもなかなか叶《かな》わず寂《さみ》しがってメソメソしていると、「ボクはネンネやねー。まだ、お母ちゃんのおっぱいが恋しいの？」と冷やかされていた。

少年期からの病弱で発育不良だった私は、身長は一四〇センチに届かなかったし、体重も三五キロに満たなかった本当のネンネだった。

手術をして下さったのは医師であるが、ネンネの私が治ろうとする力を授《さず》けて下さったのは看護婦さん達だったと思う。彼女達の親切や献身《けんしん》がなければ、自分の体は十分に回復《かいふく》したとは思われない。

今でも病院で働いている看護婦さん達の姿を見る度に、呟《つぶや》いている。

「ありがとう、看護婦さん」と……。

4 北島三郎

この歌手がデビューした頃、集団就職《しゅうだんしゅうしょく》で大阪へ行き、各職業を転々として辛酸《しんさん》をなめた親友は、私にいつも言っていた。「サブちゃんの歌はええなー。ひとしさんもええと思うやろー」と帰省《きせい》の度《たび》に言い、私はなま返事で「ウン」と答えながら、あんまり好きではないなーと思っていた。

あまり演歌が好きでなかった私だが、強いて言えば三浦洸一《こういち》の「落葉しぐれ」が好きだった。これは今でも愛唱歌の一つでよく歌う。それには理由《わけ》があって、中学二年に足の手術で入院闘病《とうびょう》生活をしていた時に大流行していたからだ。子供ながら、男心らしきものは持っていて「旅の落葉が、時雨《しぐれ》に濡《ぬ》れて……流れ果てない渡り鳥……」というフレーズに、自分自身の病身の身の切なさ・やるせなさをオーバラップさせていたものだった。

パンチパーマの侠客《きょうかく》の親分みたいなおじさんの歌は、流れていたら耳にするものの、自らレコードを買ったり、歌ったりすることはなかった。スナックで居合わせた隣のパンチパーマの兄さんが〈サブ〉と染め抜いたTシャツを着て、北島三郎ばかり歌うので「他の人の歌は歌わんのですか?」と問うと、俺はサブちゃんに仁義《じんぎ》を尽《つ》くしているのだという。サブちゃんの追っかけだと豪語《ごうご》する、凄《すご》いファンがいるもんだと驚かされた。

次女あおいが、かつてNHK紅白歌合戦の入場券を入手したといって、正月開けに帰省《きせい》した年がある。「紅白はどうだった?」と問うと、松田聖子の大ファンで「演歌なんか、フン!」と馬鹿にしていた彼女が開口《かいこう》一番、「サブちゃんが凄《すご》かった」と言ったのには家族みんなが唖然《あぜん》として、開いた口がふさがらなかった。

息子の早稲田《わせだ》大学の卒業式に家内は上京した。せがれ瑞樹《みずき》が「東京だよ、おっ母さん」と連れ歩き、新宿コマの前で「北島三郎ショー」を知り、たまたま空いていた最後方の座席券を入手し、一緒に観《み》たらしい。帰宅するや否《いな》や口を揃《そろ》えて「サブちゃんが凄《すご》かった」と言い、「オーラが出ていた」と母子ともども、ポカーンとなり陶然《とうぜん》としていた。

そのうち「竹」という、植物学者の私には非常に興味深い歌が流れ始めた。その歌を学問的見地から聞いているうちに、いつの間にか私もサブちゃんの虜《とりこ》になってしまっていた。竹の大好きな私はその歌詞に歌い込まれている竹の生態《せいたい》もさることながら、人の生き方を歌う「心豊かに、しなやかに、ああ、粛々《しゅくしゅく》と行けばいい……」のフレーズに魅了《みりょう》された。また、還暦《かんれき》過ぎてなお現役《げんえき》で朗々と声高らかに歌いあげる、その力量にも圧倒《あっとう》された。ＣＤでビッグヒット集を購入し、車の運転中に聞き始めた。「川」では人生の浮き沈みを歌い込んでいて、その頃の私は少なからず不遇《ふぐう》をかこって沈んでいたので、随分《ずいぶん》共感度が高まった。「山」では「頑固《がんこ》親父の野良着《のらぎ》をまとい……」が、頑固一徹《がんこいってつ》の石屋の亡父そのものを歌っていた。「年輪《ねんりん》」は形成層が温度差によって春材と秋材を作り出す、分裂《ぶんれつ》能力差を歌っていて興味深く、お菓子のバウム・クーヘンはそれに真似《まね》て作っている、と授業で生徒達に教えた。

「年輪《ねんりん》」「竹」などは植物形態学の教材になるので、二年生のクラスでは聞かせた。この曲を漏《も》れ聞いた先生方は、一体どこから演歌が聞こえてくるのだろう？　と校内で訝《いぶか》られた。教頭先生の生物学の授業だったと分かった時は、笑いが流れたが……。

年相応《としそうおう》に人生の辛酸《しんさん》が分かり始めた私には、サブちゃんの忍苦《にんく》や人間的魅力《み》も分かってきた。カラオケでもトリになった。Ｔシャツの兄さんみたいに、私もパンチパーマにしてみようと思い立った。

理髪店《りはつてん》のマスターに頼むと、「センセ、パンチどころか、もう髪の毛がようけありませんぜ……」と。

5 講演会

『足物語』の著者の話が聞きたいと、随分《ずいぶん》多くの講演依頼があった。もう一〇〇回は越えている。全てのニーズには応えられていないが……。

「教育センター」で仕事をしていて、研修講座を設定する時に、面白い本を書いている大学の教授陣をお呼びしてお話をして頂くのだが、これが本の割には詰《つ》まらない面白くない講演で、大半が居眠《ねむ》りこけている場合も多いのだ。そんな偉そうなことを言う木村、一体お前はどうなのだ？　と詰問《きつもん》されると返答に窮《きゅう》するのだが、私の話はおおむね好評らしい。だからクチコミで木村の話は面白いと、次々に依頼がくるのであろう。教員という仕事を持っているから、平日にノコノコ出かけて行く訳にはいかない。某《ぼう》中学校では、文化祭の記念講演を私に予定して、平日に組んでいたが、私が行けないとお断りすると、何と！日曜日に日程を変更してまで、招《まね》いて下さったのには恐縮《きょうしゅく》した。

指導困難《しどうこんなん》校では、校長先生が「うちの生徒達は人の話を一〇分と聞けずザワザワするので、ご迷惑《めいわく》をおかけするかもしれない」と先に釘《くぎ》を刺《さ》されていて、私がそれらの生徒達に一時間半まんじりともさせず、話を聞かせるとびっくりされる。生徒達に聞かせるべき話の内容を持つことと、聞かせる話術《わじゅつ》を我々も高めねばならない。今日の先生のお話は教師達にも大変タメになったと言って下さる。

企業経営者《きぎょうけいえいしゃ》の集いにも呼ばれることがある。木村先生のような、バイタリティーやエネルギー、そして切り口の豊かさと発想の転換《てんかん》は、企業経営の観点からも有益《ゆうえき》であったと喜んで頂ける。

遠くは「青森」まで呼ばれた。東北の人達は「春を待つ心」が強く、『足物語』にはそれがあると共感度が非常に高いのである。毎年末には津軽《つがる》からリンゴ箱が必ず届く。「ああ、江田島」で有名な広島県の「一術校《いちじゅつこう》」へ招かれたこともある。ここでは全員が直立して、りりしく敬礼してくれたのには感激した。高知の初任者研修では若き教師達を前に、龍馬《りょうま》の想いをもって、熱く三時間語りかけた。農家のおばあさん達の集いでは公民館の座敷《ざしき》の間で、車座になって私も座り込んで話し込み、彼女達とかけ合い漫才《まんざい》となってしまい、笑いが絶えなかった。「ほんまじゃのぉー。センセイ」「センセイ。それはちがうぜー」の合いの手としわくちゃの笑顔が忘れられない。

小豆島《しょうどしま》へは、フェリーで渡った。「なかよし」のママ達が波止場《はとば》で迎《むか》えてくれ、会場に着くとママさんコーラスの「森ヶ崎海岸」で歓迎《かんげい》され、目が点になった。お話会はリーダーのお宅まで持ち込まれ、各メンバーのお得意料理一品ずつが持ち寄られ、大宴会《えんかい》となり、笑いの絶え間ない夜は更《ふ》けて行った。ついには、ママ達から「面白かった！」という情報を聞き込んだ地元の女子高校生達が、私の話を聞きたいとやって来て、明け方まで話し込んでしまった。翌日は岬《みさき》の分校へ出かけて、大石先生ならぬ木村先生が「二十四の瞳」の教室で授業までするというハプニングがあった。

九六回目の「中央病院」では、四三年前の「足」の手術・治療《ちりょう》の御礼《おれい》を申し述べた。医師団・看護婦さん達は涙を浮かべて聞いて下さった。私も、あの大手術の後、絶望《ぜつぼう》の苦しみから希望の光明《こうみょう》の見え出した弱々しかった少年時代に逆行《ぎゃっこう》して、はからずも大粒《つぶ》の涙を流して泣いてしまっていた。いずれにしてもこのようにして、人の和・輪が広がって行くことは、嬉《うれ》しくも楽しいことである。

一冊の本が作り出す「倶会一処《くえいっしょ》」を大切にしていきたいものだ。

6 古《こ》今《こん》亭《てい》志《し》ん生《しょう》

落語について語らせたら、いささかうるさい。『足物語』は走ることをメインテーマに据《す》えていたので「えー、馬鹿ばかしいお笑いを一席」なんて書き出せなかった。『足物語』はいささかシリアスであったが、本来の私は「オチャラケ人間」なので、こんなフザけた人はこの本の著者《ちょしゃ》として許し難いとお叱《しか》りを受けたこともしばしばある。だけど、間違《まちが》いなく著作権者《ちょさくけんしゃ》は、コノボクナンダケドナァ〜〜。

かつては私の授業は爆笑《ばくしょう》の連続で、下手な落語家よりはるかに面白い、と生徒達からよく言われたものだ。あまり教室が沸《わ》き上がり続けるので、両側の教室は大変迷惑《めいわく》をこうむっていたらしい。

私のギャグネタを、通学途上《とじょう》の電車の中で教え子が友人に語り、それを聞いた友人達が笑い、それを聞いていた周囲の乗客達も、一緒になって吹《ふ》き出していたというエピソードも多く残っている。

中学生になると落語のもつユーモアが分かるようになり。ラジオでよく聞いて笑っていた。聞くだけでは物足らず「落語全集」を買い込み、読んで分かるものから読み漁《あさ》り、ラジオで流れる演目《えんもく》と対照《たいしょう》しながら覚えて行った。覚えるだけでは飽《あ》き足らず、今度は皆の前で語りたくなった。何人かの仲良しに、覚えたばかりの話を聞かせて、笑わせては悦《えつ》に入っていた。

みんなが喜んで、予餞会《よせんかい》でやれ！　ということになり、全校生の前で羽織袴《はおりはかま》で「がまの油」を演じた。担任の先生が撮《と》って下さった貴重なスナップが残っているが、皆が大きな口を開いて笑い転げている。同窓会をすると、あの時は腹の皮がよじれるほど面白かったと、級友達が必ず話題にする。そんなことで人気が出てしまい、無理やり周囲から生徒会長に勧《すす》められ、嫌がっていたのに最高得票で会長にされてしまった。会長あいさつでもジョークとギャグを混ぜまくって、全校を笑いの渦《うず》に巻き込んだ。

高校では古典や歴史や風俗《ふうぞく》の知識が増えてきて一層古典落語が面白くなった。新聞のラジオの番組表の落語にマークを入れて毎日あれこれ聞いた。「落語ノート」なるものを作って、演目《えんもく》・演者《えんじゃ》・内容・感想など克明《こくめい》に記録して行った。そのノートは今はもう無いが、もし手元にあったらよき思い出になっていると思う。

明日が定期考査というのに落語を聞きながら、数学など解《と》いていた。順調に解《と》きつつあったのに最後の詰《つ》めの所でオチがあって吹《ふ》き出し、数学が真《ま》っ白になっていた。

高校では「金万亭《きんまんてい》でべそ」の芸名で、予餞会《よせんかい》で「寿限無《じゅげむ》」「化け物使い」などを語って全校生を笑わせた。金万《きんまん》とは、木村が詰《つ》まってキンマンとなったものだ。でべそはコロコロと可愛かったから。大学では「ネーブル・キンマン」と名乗り、英語落語を語って、教授までが笑い転げた。夏休みには埼玉大学の朋友《ほうゆう》の学生寮《りょう》に投宿《とうしゅく》し、「新宿末広亭《すえひろてい》」や「上野鈴本演芸場《えんげいじょう》」に日参《にっさん》した。毎夜遅《おそ》くに帰寮《きりょう》するものだから、実に体のいい居候《いそうろう》であった。お上《のぼ》りさんが、新宿界隈《かいわい》を深夜徘徊《はいかい》しなかなか帰らなかった日には、寮生《りょうせい》達が心配して捜索《そうさく》願いを出そうと話し合っていたほどだ。

古今亭《ここんてい》志《し》ん生《しょう》の大のファンだった。あのぞろっぺいでハチャメチャな破天荒《はてんこう》な生きざまが大好きだった。あんな人生が送れたらいいなぁと憧れた。噺《はなし》家になりたいと真剣に思ったこともあるが、頑固一徹《がんこいってつ》の職人の親父が許すはずもない。みんなを笑わせるのは、学校で十分満足できた。金を出してでも聞きたい「金万《きんまん》生物寄席《よせ》」と異名《いみょう》をとった。教室で、「えー」と言うだけで吹《ふ》き出す生徒も多かった。

今でも毎日、車を走らせながら「志ん生師匠」のＣＤで笑っている。

志《し》ん生《しょう》「壁《かべ》にぶっつけて事故起こすんじゃねえぞ！」

でべそ「ヘイ！」

7 さくらんぼ

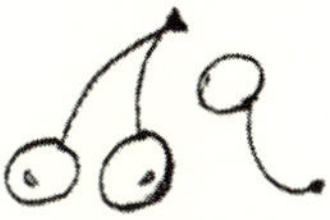

毎年六月になると決まって、山形名産の見事なさくらんぼを贈って下さるご婦人がいる。『足物語』に対するファンレター第一号の有路《ありじ》礼子さんである。平成二年九月に全国の書店に並んだと思っていた矢先のことだったし、遠く山形県からだったのでびっくりした。有《あり》路《じ》という初めて見る姓《せい》だったので、なおさら印象深かった。内容は、本屋にあった『足物語』を購入し、読んでとても感激したという文章であったが、几帳面《きちょうめん》なていねいな文字にお人柄《ひとがら》が忍ばれた。男子ばかりの三児の母親で、救護施設《きゅうごしせつ》に勤めて、頑張《がんば》っているハツラツママさんだということも、何回かの文通で分かってきた。

また『足物語』という本にまず目が行ったのは、彼女自身幼女時代に恵まれない境遇《きょうぐう》に育って、いつまでも靴下《くつした》を替えてもらえず靴下《くつした》のゴムが食い込んで、両足首にその傷跡《きずあと》が残っているという悲しい過去も次第に判明した。お互いに「足」には、幼い頃の強烈《きょうれつ》な悲しい痛い思いが宿っているのであった。彼女は、村山市で『足物語』ファン・クラブを作って下さった。全国第一号の『足物語』ファン・クラブの設立であった。彼女の尽力《じんりょく》で山形の放送番組で私の本が紹介され、その録音《ろくおん》テープが送られて来たのには、驚きもしたが嬉《うれ》しくもあった。

平成四年には山形国体が行われ、翌年が地元香川で行われる「東四国国体」だったので、私はサッカー役員として、大会運営の下見に山形へ行った。鶴岡《つるおか》駅で列車を降りると、有路さんが車で迎《むか》えにきて下さり、すぐ会場へ連れて行って下さった。思っていたより小柄《こがら》で、三児のママとも思えない若々しいチャーミングな方であった。会場では坊ちゃんの先生が選手として出場しているというので、全校あげての声援《せいえん》で大騒《さわ》ぎであった。坊ちゃん三人とも、サッカー少年であったので彼女もプレーに詳しく、熱狂《ねっきょう》していた。当然、「山形選抜」は地元の大声援《せいえん》を受けて勝利し、万々歳《ばんばんざい》をした。月山《がっさん》の麓《ふもと》、秋の夕日を浴びながら有路ファミリーは、元気に村山市へ車を走らせて帰って行かれた。

その頃の私は、遠方勤務でサッカーもできず、激務と失意のどん底で、すっかり落ち込んでいて、元気な状態ではなかった。彼女も『足物語』の木村先生ってこんなに、活気に乏しい沈鬱《ちんうつ》な人だったのか？　ときっと訝《いぶか》ったにちがいない。その当時の私は、世を忍ぶ仮の姿であったのだ。本当にこんな人が、あの明朗快活な本を書き、サッカーして走りまくっていたのか？　と信じられなかったにちがいない。正直、私は人生って何とこんなにつまらないのだろう？　と山形でも一晩中眠《ねむ》れなかった。溜《た》め息の連続の毎日であったのだ。まさしく「タメ息は命を削《けず》るカンナかな」である。

時は流れて、あれから八年。壮年《そうねん》サッカー山形大会では、雨の中遠路《えんろ》はるばる応援《おうえん》に来て下さった。初孫の為《ため》に玩具《がんぐ》まで持って……。最近元気回復した私はこれが本当の『足物語』の木村の走りです、と懸命《けんめい》にプレーした。雨の中ビショ濡《ぬ》れになりながら主将として、チームの為に精魂傾《せいこんかたむ》けた。彼女の前で初戦勝利した。彼女とにこやかに握手《あくしゅ》して別れた。

香川に帰って、しばらくしてお便りが来た。

「木村先生、スポレク来県ごくろうさまでした。サッカー二位だったとのことおめでとうございます。皆さん本当に楽しそうにサッカーの試合をしておられましたね。応援《おうえん》できた私も嬉《うれ》しかったです。先生のプレーの、カッコイイ素敵《すてき》な姿を見せて頂きまして、本当に感激しました。先生これからも頑張《がんば》って、サッカーして下さい」

また、さくらんぼが送られてくることだろう。毎度の如《ごと》く讃岐《さぬき》うどんをお返ししなければ、と思っている。

うどんは、さくらんぼより安いのだけどと言うと、「おいしいから許す！」とのことだった。

8 杉山隆一《りゅういち》

日本のサッカー関係者なら、この名前を知らない人はない。知らなければ当然もぐりだ。この文章を読む人はサッカー関係者ばかりではないので、少し紹介させて頂く。

東京およびメキシコ・オリンピックのサッカー全日本代表の名選手である。今は「日本代表」と呼んでいるが、当時は「全日本」と呼んでいた。余談だが、今は「日本サッカー協会」と言うが、私がサッカーを始めたその頃は「日本蹴球《しゅうきゅう》協会」と呼称《こしょう》していた。

一〇〇メートルを一一秒台で走る俊足《しゅんそく》ウインガーとして、世界的にも名声を得ていた。一九六八年メキシコで得点王に輝いたセンターフォワードの釜本邦茂《かまもとくにしげ》氏にどうしてもスポットが当てられるが、彼の得点のお膳立《ぜんだ》てすなわちアシストをしたのは他ならぬ、杉山隆一氏なのだ。当時のチームは、スギヤマ――カマモトのホットラインで世界の強豪国をくだして、日本サッカー史上初の銅メダルに輝いた。強豪《きょうごう》国アルゼンチンから、「スギヤマ、ホシイ！」とプロとして勧誘《かんゆう》が来たのも日本人では、初めてのことだった。

その後日本サッカーは、長い暗いトンネルに突入して低迷《ていめい》を続けた。近年Jリーグ発足《ほっそく》で、やっとプロのサッカーチームが出来、次第に力量を蓄《たくわ》えフランス・ワールドカップに初めて出場を果たし、結果はともかくも二〇〇二年の日韓共同開催《かいさい》のW杯に弾《はず》みをつけたし、二〇〇〇年はシドニー・オリンピックへの切符も早ばやと手に入れた。それらの基礎《きそ》を築いてくれていたのは杉山氏達なのである。彼の胸のすくタッチラインの快走と、何人もの敵を一瞬《いっしゅん》にして抜き去るフェイント、ドリブルは大勢《おおぜい》のファンを魅了《みりょう》した。彼は左のウインガーだったので、競技場《きょうぎじょう》では彼のプレーを見ようとゲームの前後半では、必ず彼のサイドに観客がどっと大移動して、人気の高さを誇《ほこ》った。当時サッカーを始めたばかりの私は、右のウインガーだったが、誰も私のプレーを見ようと移動はしてくれなかった(当たり前じゃ!)。

杉山氏は明治大学卒業後、当時の「日本リーグ」(Jリーグの前身)の「三菱重工」(浦和レッズの前身)で大活躍《かつやく》し、釜本《かまもと》を擁《よう》する「ヤンマー」との一戦だけは、常時球場を満員にしていた。

私は彼のプレーを観戦しては、自分の技術向上に役立てていた。自分勝手に杉山氏を師と仰《あお》いで、師事《しじ》していたのだ。私は彼の引退試合をテレビで見て、妻と一緒に大泣きに泣いていた。と言うと随分高齢《ずいぶんこうれい》の方だとお思いだろうが、私とぴったり同年齢なのである。

でも、私にとってはまさしく「雲の上の人」だったのだ。

でも、その「雲の上の人」が、最近私の方まで下りて来て下さっている。私の力量では、どうしても「雲の上」まで行けなかったからだ。壮年《そうねん》の全国サッカー大会に杉山氏ほか、元全日本代表選手達が参加し始めたからだ。彼らはかつて日本を代表する選手であったが、一生涯《しょうがい》代表ではありえない。新旧交替、新陳代謝《しんちんたいしゃ》は世の常である。一世を風靡《ふうび》した小城、桑原、鈴木氏達もまたしかりである。この歳までサッカーに関わっていたお陰《かげ》で、青年時代には決して考えられなかった名選手達と一緒にグラウンドに立てるという光栄に浴している。山形大会には「静岡県選抜《せんばつ》」で、彼も出場していた。

往年の名選手達は、さすが！　と思わせるプレーを見せてその片鱗《へんりん》を感じさせるが、やはり寄る年波には勝てず、つまずいたり、転倒したり、ミスキックをしたりもする。でも、それがご愛嬌《あいきょう》である。歳はとっても和気藹々《わきあいあい》として、同じ土俵《どひょう》でサッカーを楽しみ、交流を深めればよいのだ。それが「生涯《しょうがい》スポーツ」の意義でもある。彼は私の『足物語』も読んで、電話も下さっているので、久しぶりにお会いして旧交《きゅうこう》を温めた。サインをお願いすると、プログラムの裏に快く書いて下さった。

小さく「杉山隆一」と——。

9 大カナダ

子供の頃よその家へ遊びに行って、うちとは違うと知り、そのことで我が家のことがよく分かる。学生時代、日本国中を旅行し、香川県とはずいぶん違う他県のことを知り、「わがかがわ」が分かった。社会人となってからは、二八歳の時アメリカ合衆国に渡り、異国から日本を見ることができ、その後の人生に大きな財産となった。

久しく海外へ行く機会はなかったが、一九九八年にカナダへ行くチャンスに恵まれた。カナダはプリンスジョージ市で約三週間滞在《たいざい》をさせて頂いた。会話力は当然難があったが、リテラシーだけは多少あったので、いざという時には筆談《ひつだん》で何とかなった。言葉の壁《かべ》を越えて、偉大なるカナダに圧倒《あっとう》され、魅了《みりょう》され続けた。果てしなく広がる大森林、滔々《とうとう》と流れる激流、壮大なカナディアンロッキー、一体この大きさ・広さは何なんだ！と唸《うな》った。地図帳で調べてみると面積は日本の二六倍、人口密度は日本の一〇八分の一ということだ。広い、広大だ、ワイドだと実感するのもむべなるかなである。

バンクーバーで親しくなった日本の旅行会社員と話していると、「先生、日本人がカナダへ来ると困ることがよくあるんですよ」、「どういうことですか?」と問うと、「せっかくカナダへ来たのだから、ナイアガラまで行きたい」と言う。ここからナイアガラまで行くのには、日本の端《はし》から端まで飛ぶ位フライトしなければならないんですよ、と話すとびっくりするらしい。せっかく、四国の栗林《りつりん》公園へ来たんだから道後《どうご》温泉につかって帰りたい、とくらいに思っているのだろう。

国立公園ジャスパーの駅で列車を待っている日本人のツアー団に逢ったので、「まもなく来る汽車を待っているのですか?」と聞くと、「もう二時間前に発車しているはずだがいつ来るのか分からない。二、三時間は遅《おく》れるらしい」との諦《あきら》め顔である。国が広いだけあって、人々の心も大きく、身体も大きく、食事量も多い。あちこちに招かれてご馳走《ちそう》になるのだが、とにかく油っこく、私の普段《ふだん》の二倍量はあるのだから、あっという間に満腹になってしまい、いつも食べ残した。

「ミスターキムラ、今は何を食べたい?」と聞かれるといつも「サヌキヌードル」と答えていた。そのカナダ人達が来日した時、讃岐《さぬき》うどんをしこたま食べて頂いたが、余りお気に召さなかったらしい。お気に入りは「うな丼」や「お好み焼き」であった。やはり彼らの巨体《きょたい》には、うどんではカロリー不足だったのだろう。私は胃を休める為《ため》にオリエンタル・

コーナーで、豆腐《とうふ》・キッコーマンを買い「冷奴《ひややっこ》」と決めていたが、それが「杏仁豆腐《あんにんどうふ》だった！」と判明したのは帰国後のことだ。確かにまずかった!!

「ミスターキムラ、明日歴史的名所へ連れて行ってやろう」というので楽しみにしていたら、約一〇〇年前のゴールドラッシュで栄え、今はゴーストタウンとして保存しているバーカービルというチャチな町であった。西部劇《せいぶげき》で見る街そのもので、一本の広い道を挟《はさ》んで両側に教会・学校・商店・バー・病院等があり中をのぞいてみても古ぼけた小道具が並んでいるだけで、重要文化財然たるものは皆無《かいむ》だ。これに比べて、ジャパンには奈良・京都という千年の歴史を持つ古都があるぞ、と誇《ほこ》りに思った。当然彼らの来日の時、奈良・京都は旅程《りょてい》に組んだ。日本旅行記を掲載《けいさい》したカナダの新聞を送ってきたので読んだら、京都をして、「カナダでは、決してこんな物は見ることが出来ない」と書いてあった。

そして、家内のミニカーを見て「キャー、カワイイ！」と叫んだ彼らは、新聞に「日本人は、我々の体が入らないような超小車両に乗る」と書いてあったのには吹《ふ》き出した。

お互いの国の自然や文化、生活や歴史を理解する為《ため》には、その国へ行くことである。これが国際理解の基本であると思う。

10 ＮＨＫの「足物語」

ＮＨＫが『足物語』を、「これはいい本だ！」と認めて下さった。スタッフは私を一週間追い続けた。私の職場、自宅は言うに及《およ》ばずあちこち追跡《ついせき》され、サッカーの練習や小豆島《しょうどしま》での講演会にまで彼らはついてきた。果ては、サッカー壮年《そうねん》全国大会の開催《かいさい》地熊本まで追っかけてきた。我々は新幹線を乗り継《つ》いではるばる熊本まで行ったのに、リッチなＮＨＫは飛行機で早ばやと追いついてきた。三〇分番組のうち私の熊本でのシーンは一分しか映らなかった。

スタッフが「先生、子供の頃跳《と》び箱が飛べなかったんですか？」と問うので、「うん、飛べなかった」と答えると、「では、今は飛べますか？」と言い「そりゃ、飛べるさ」と答え、母校の庵治《あじ》小学校へ行って子供たちの授業に混じって飛ばされた。見事に飛んで「どう？」と胸を張ると、「でも先生、怖《こわ》がっていましたね」の言葉に少年時代の imprinting（インプリンティング）の刻印《こくいん》の深さを思い知った。

高校時代に体育を教えて下さった、剣道の達人冨田槙男《とみたまきお》先生を訪問した時も取材された。御礼《おれい》の印に『足物語』を持って参上すると、先生は次のように申された。「木村君、君は自分の目標を決して遠いところに置かず、近いところに置いていたのが良かったのだね。君は何をしても誰にも劣《おと》っていたが、黙々とついて行っていたよ」……と。確かにこれは真実の言葉である。私は足の病に倒《たお》れた時、夢と希望を一番近いところに設定《せってい》した。つまり、自分の足で歩けさえすればそれで幸せだと……さらに自分の足で歩けるようになれば、お花畑のある高山に登りたいと……。では、その為《ため》にはどうすればいいのか？

答えは、近くて低い山から登り始めればいいのだということだ。

若者は大きな夢を持ちたいものだ。私の十八番のカラオケ曲は、「野風増《のふうぞ》」である。岡山県の方言で「やんちゃ生意気坊主《なまいきぼうず》」の意である。この中の「いいか、男は生意気《なまいき》ぐらいがちょうどいい。いいか、男は大きな夢をもて……」との歌詞が最も好きな箇所《かしょ》だ。だがその大きな夢の実現のためには、着実に自分の足元から一歩一歩踏《ふ》み出さないことには前進は望めない。一つ一つの歩幅《ほはば》は小さくとも、それを何十年と続ければ、大変大きな距離《きょり》と高さになることだろう。夢はいかに高く大きくとも、その一歩は自分の足元から踏《ふ》み出す他はない。最近の若い人達の風潮《ふうちょう》として、着実な努力を忘れて、はかない泡沫《ほうまつ》の夢だけに憧《あこが》れているのは残念なことである。

他の体育の先生には、罵《ののし》られてばかりいた。バレーボールのトスが、巧《うま》く上げられない私を見て、「お前の手は十能《じゅうのう》か?」と……。私のように、か弱い少年の心は、ずいぶん傷つけられた。

一昔前、町民運動会で力走する私を見て、両親は「ひとし、おまえ走るの早ようなったなぁー」と相好《そうごう》を崩《くず》して喜んでくれた。小学校時代いつもビリで走っていた私に、やっと四〇年にしてかけてくれた誉《ほ》め言葉であった。これも、四〇年間あきらめずに頑張《がんば》ってきたからできた親孝行であった。

冨田先生も、今私がサッカーしたりバトミントンしたりしていることが、信じられないと言っておられた。「木村君の体育の成績、今なら5をやれるぞ」とおっしゃって下さったが、その言葉だけで私には嬉《うれ》しい心の中の〈花マル・優《ゆう》・5・A・excellent〉であった。

NHKの電波は、朝のゴールデンタイムに全国津々浦々《つつうらうら》に流れて行った。冨田先生も日本中に散らばる教え子さん達に、画面を通してのお便りができたと喜んで下さった。

11 読書

最近の若い人達は、余り読書をしないという。どこの高校でも、「図書館だより」を出して、何年何組がどれだけ本を借り出したか、棒グラフにしていて啓蒙《けいもう》を図《はか》っているが、さほど効果はない。

今でこそ巷《ちまた》に本が氾濫《はんらん》していて、読もうと思えばよっぽど特別な本でない限り、入手できるという恵まれた時代であるが、私の少年時代は、終戦後のこととて、あらゆる物質の窮乏《きゅうぼう》は言うに及ばず、本の素材となる紙にも事欠く悲惨《ひさん》な時代であった。子供の頃、友達の家にある「のらくろ」や「サザエさん」などを借りて、むさぼるように読んでいた。手《て》塚治虫《づかおさむ》漫画も登場して、「新宝島」に衝撃《しょうげき》を覚え、「ロスト・ワールド」で涙した。世の中がやっと落ち着いてきて、「少年少女世界名作全集」が多く学校の図書館に並ぶようになった。私は足の病気の為《ため》、他の友達のように外でどんどん遊べる少年ではなかったので、学校で毎日何冊かの本を借りて帰り、寝そべって読書するのが楽しみだった。父は私が帰宅

したのを知ると、石の仕事の手伝いをさせたい時には呼びに来た。寝そべって本を読んでいると、必ずどやされた。「あほうが。そんなに本ばっかり読んどったら、肺病《はいびょう》になって早う死ぬんじゃ！」が口癖《くちぐせ》だった。その為《ため》、私は青年期まで肺結核《はいけっかく》の見えざる恐怖とも長年格闘していたのだった。それでも父に隠《かく》れながらの読書量は凄《すさ》まじく、学校の勉強はともかく、本から吸収《きゅうしゅう》した知識や情報量はかなりのものであったはずだ。かく言う父も「隠《いん》居《きょ》したら都城《みやこのじょう》へ行って小説を書く」と常に言っていたし、庵治《あじ》中学校歌の原型を作詞したのも彼だった。

高松の叔母《おば》は私に「中学生百科辞典《じてん》」をプレゼントしてくれ、それを「あ」から「わ」まで読破《どくは》したのだから、相当のものではなかったかと想起《そうき》している。その時アインシュタインの「相対性理論《そうたいせいりろん》」がよく理解できず、口惜《くや》しかったのを覚えている。

「本の虫」が高じて、大人になったら本屋になりたいと真剣に考えた。好きな本を読みながら、儲《もう》かるなんてこんなに旨《うま》い話はないと。当然、それこそ世間知らずの甘い夢ではあったが……。

一生涯《しょうがい》通じて数学や理科は苦手だが、文化系の方が得意なのはそこに起因《きいん》しているのかもしれない。今でも読書は大好きで、何冊かを常時《じょうじ》持っていてサミダレ式に読んでいる。寝る時にも……。

「書く為《ため》に読む」「読むから書ける」と言われる。読むという基礎《きそ》なくして、文章は書けないだろうと私も思う。今このようにしてこの『老足物語』を書いていても、さして苦しむことはない。フィクションを書くのなら多少は唸るだろうし、プロとして銭にするのならしんどいことであろうが、私の場合は、あれこれ思うことを綴《つづ》るだけなので苦にはならない。時々、国語の先生に漢字テストをして頂くが、常時《じょうじ》ほぼ満点をとるので驚かれる。これも読書量に支えられてこその恩恵《おんけい》だろう。

大学入試や就職試験で「小論文」を課せられて、そのトレーニングに四苦八苦《しくはっく》する高校生を大勢《おおぜい》見てきたし、時には添削《てんさく》指導してあげていた時代もあった。失礼ながら、おおむね言葉が貧弱《ひんじゃく》で何を言わんとしているのか分からない。彼らの誤字脱字だらけの支離滅裂《しりめつれつ》な文章には随分《ずいぶん》泣かされた。国語の専門でないから偉そうなことは言えないが、最近の子供は本を読まないから、表現力に乏《とぼ》しく、自分の言い分が通らないと、すぐに「キレる」という説には同感できる。

作家の阿刀田高《あとうだたかし》氏は物凄《ものすご》い蔵書量で、写真で拝見しても本の倉の書斎《しょさい》で執筆《しっぴつ》しているようだ。上の方の本は双眼鏡《そうがんきょう》でバード・ウオッチングのようにして捜《さが》すそうだ。プロならばこそかもしれないが。

プロでなくても俳優の森繁久彌《もりしげひさや》氏も、楽屋では常に本を読んでいて、紙の上にペンを走らせている。人生をより豊かに、より有意義に送るためにも、読書は必要不可欠《ふかけつ》のものと思う。

みなさん、そのことも含《ふく》めて、この『老足物語』を読んで下さい。

12 三つの波

私達はおおむね、五体・五感満足であって、いわゆる健常《けんじょう》者と呼ばれている。しかし、世の中にはそうでない人も大勢いて、障害《しょうがい》者と呼ばれる。先般《せんぱん》、ベストセラーになり話題を呼んだ『五体不満足』の乙武洋匡《おとたけひろただ》氏などはその好例である。彼は、その筋のお兄ちゃんが「オメェも大変だなー」と同情してくれたとのこと。あとで母親が「そりゃー、あの人達はツメルといっても、小指一本くらいのもんでしょうけど、ヒロちゃんは、手足四本ともツメているんですもんねー」と言ったというのには、私は開いた口がしばらく閉じられなかった。彼の場合も含めて、それらの障害《しょうがい》を抱《かか》えながらも逞《たくま》しく、人生の厳《きび》しさにチャレンジしている人達のいることを、我々は決して忘れてはならない。

幸いにも夏に、聴覚障害《ちょうかくしょうがい》を持つ人々の「難聴《なんちょう》者の集い」に招かれて、講演するという機会を得た。講演の後、多くの人々から御礼《おれい》のお便りを頂いたが、それに対する私の返事の一部が「会報」に紹介されたのでここに引用する。三つの波が襲《おそ》って来るという貴重な体験の感想である。

……九月も中旬というのに、この蒸し暑さは一体何ということでしょう？　先日は、お招《まね》き下さりありがとうございました。『足物語』講演会も約一〇〇回を数えますが、今までのうちで最も印象的なものとなりました。

いつもの私ですと、大きな声でテンポよくギャグやジョークを交えてしゃべり続けるのですが、今回はずいぶん勝手が違いました。普段《ふだん》の講演ですと、私の話に対して、反応は一回ずつ波がドッとやって来るのですが、何と！　今回は三回にわたってさざ波のごとくやって来るのです。

第一波……補聴器《ほちょうき》で私の話を聞き取り、やって来る波

第二波……手話《しゅわ》で私の話を見て取り、やって来る波

第三波……ＯＨＰの要約筆記《ようやくひっき》で話を読み取り、やって来る波

こんな体験は生まれてはじめてのことでした。言い知れぬ興奮《こうふん》と満足感に浸《ひた》りました。また饒舌《じょうぜつ》な私は、随分《ずいぶん》余分なエピソードを盛り込むのに、今回はいかにして自分の気持ちをできるだけ正確に伝えるかに腐心《ふしん》し、一字一句をとても大切にしました。

しかも予想外に多くの人々が拙著《せっちょ》を求めて下さり、持って行った「足」の栞《しおり》も作りすぎたかな？　と思いつつもドンピシャリであったのにはびっくりし、感激いたしました。

当日の私の語り尽《つ》くせなかったことどもは、皆様が『足物語』から読み取って下さることでしょう。

最後に私からも御礼を申し上げましたが、ボランティアの手話通訳と要約筆記の方々のご尽力《じんりょく》には頭の下がる思いでございます。人は自分ひとりで生きているのでは決してない。みんながお互いに足らざるところを助け合い、補《おぎな》いあって生きているのだと思い、その心情が私の心の中を激しく揺《ゆ》さぶり、人知れず大粒《つぶ》の涙を流していました。

本当に貴重な体験をお与えくださり、ありがとうございました。正直言って最初お引き受けした時、これは大変なことを引き受けてしまったな！　と半分後悔《こうかい》していたのです。でも、皆様の心地よい三つのさざ波の打ち寄せる快感に酔《よ》って、坂出《さかいで》まで車を走らせてよかったと思いました……

会場はクーラーも余り効《き》いていなく、やたら暑く、一時間半の講演が終わると汗びっしょりでシャツが濡《ぬ》れている程だった。だがそれを差し引いても余りある爽快《そうかい》感があった。質問コーナーで「木村先生は、時々神様という言葉を口になさったが、先生にとって神様とは何ですか？」と問われ、私は"Something Great"〈偉大なる何ものか〉とお答えした。そんな印象に残る講演会だった。

13 森繁久彌《もりしげひさや》

『足物語』を出版する時に「花伝社」の社長平田勝氏に、序文は「森繁《もりしげ》さんに書いて頂くことはできないだろうか」と相談した。でも、お忙しい方だし、木村斉ごときの雑文に序文などお願いすることは畏《おそ》れ多いことと躊躇《ちゅうちょ》していた。だが、お願いだけはしてみよう。もし駄目《だめ》なら、他の人を捜《さが》しますと付け加えておいた。それが功《こう》を奏《そう》したのかどうか、木村さんの『足物語』に他の人に序文など書かせてなるものか！　と思われたかどうかはともかくも、一週間立たぬうちに速達で流麗《りゅうれい》な達筆《たっぴつ》の序文が送られて来て、私は感涙《かんるい》にむせんだ。お読みの方は御《ご》存知のとおり、序文は、

「……この一編を読んだ方には、この先生の激しい超人的な負けじ魂《だましい》や、そのかげのやさしい心に胸さかれるに違いない」と結ばれている。

この本が香川県でベストセラーにランキングされた時、手放しで喜んで下さった。出版間もない頃「帝国劇場」で、公演「蘆火野《あしびの》」の開幕《かいまく》前夜、通し稽古《けいこ》の日に、娘達も一緒に

招《まね》かれて楽屋で親しく懇談《こんだん》した。

「木村さん、この芝居は四時間余りもの長いものですが、全部見られますか？」と問われ、「他にも約束があるので、面白くなかったら途中で帰らせて頂きます」と答えたものだから、回りが仰天《ぎょうてん》！

竹脇無我《たけわきむが》氏が「森繁先生、この方は一体どなたですか？」と尋《たず》ね、「君たちはこの方を知らんのかね、あの『足物語』で有名な木村先生ですよ！」と言われても、私の本は全国に顔を出したばかりでちっとも有名ではなかったのだ。結局、この芝居は森繁さんが登場するやいなや俄然《がぜん》面白くなり、わが家族だけの大観衆《かんしゅう》？　のもと熱演は展開され、私達はヤンヤの大喝采《かっさい》をして何度もカーテンコールの練習をさせたのだった。舞台の上キャスト全員が勢揃《せいぞろ》いした前で、「さよなら」の手を振《ふ》ると、「皆さん、木村先生に讃岐《さぬき》うどんの御《お》礼を言いなさぁーい！」。彼の鶴《つる》の一声に合わせて、全員が深々《ふかぶか》と頭を垂《た》れて、「ありがとうございましたぁー！」と大合唱したのには、ギョッとさせられた。

なぜなら、私はわずか二〇〇〇円のうどんワンパックしか、お土産《みやげ》に持って行ってなかったのだ。あのうどんを一〇〇人近いキャストやスタッフで味わうとしたら、何本ずつ当たるのだろうか？　とタラーと脂汗《あぶらあせ》を流していたのだった。

その後森繁さんは、クルーザーで日本一周し、徳島県海部《かいふ》港に寄った時には家内と未明《みめい》

森繁久彌さんと徳島県海部町にて

から車を走らせ、二セイロもの打ち立てのうどんを持って慰問《いもん》に出かけた。その時、彼からギロリと見つめられた家内は、身震《ぶる》い し背筋《せすじ》が凍《こお》りついたという。それ程威厳《いげん》と存在感のある人物だ。

帝劇で家族全員に色紙を書いて頂き、最後に一枚差し出した。「誰に？」「私に」「今さら、木村さんに？　一体どうするの？」「家宝に」「家宝にねぇ。それにはならんかも知れんけど、ちょっとした金にはなるかも知れんよ」。付人《つきびと》さんから聞いたら「一枚三〇万円」とのことで、目玉が飛び出し、転げ落ちた。

一九九四年には「元気なシゲさんと遊ぶ会」に家族が招《まね》かれて、我々夫婦は上京し、在京の次女や長男と合流した。舞台で森繁《もりしげ》さんが「都の西北」を歌うので早稲田《わせだ》関係者はステージへという声に、モジモジしていたせがれが司《つかさ》葉子さんに押し出されて壇上《だんじょう》に立った。お年寄りばかりのステージでせがれがウロウロしていると、大隈重信《おおくましげのぶ》公と同じガウン姿で胸に勲章《くんしょう》をぶら下げた森繁《もりしげ》さんが、瑞《みず》樹《き》を自分のメインマイクの前に引き寄せた。神津《こうづ》善行氏の指揮の生演奏の前で、全員が「都の西北」を大合唱した。

壇上《だんじょう》から降り立った愚息《ぐそく》は額に汗をにじませて、興奮《こうふん》を隠《かく》し切れぬ面持《おもも》ちであった。

「むちゃくちゃ緊張《きんちょう》したが——。森繁《もりしげ》さんの背中からオーラが出よった」

こんなに我が家族まで大事にして下さる彼は、やはり心豊かな偉大な人物である。

14 ルーズ・ソックス

ルーズ・ソックスの女子高校生達を見ていると、大根が鼻汁を垂らして歩いているようにしか見えない私は「時代おくれ」のおじさんなのだろうか？……

生物学的に、人類学的に蘊蓄《うんちく》を傾《かたむ》けると、我々モンゴロイドは足の短い、不格好《ぶかっこう》な、お世辞《せじ》にも綺麗《きれい》とは言えないおみ「足」人種なのである。『足物語』の作者が言うのだから、間違《まちが》いのないことだ。うそだと思ったら、木村斉氏の「足」を見てみるがいい。このことは、実際にUSAやカナダへ行って、氏が強烈《きょうれつ》に痛感したことだ。これが流行《はや》るずっと前、山道をランニングして学校に帰ると、バスケット部の女子達が足にサロメを塗《ぬ》っていた。「俺にも貸せ」と言って塗《ぬ》ると、ちっともヒンヤリせずベトベトネトネトするばかり。ソックス止めの糊《のり》だった。

ただでさえ足の太く短い、O脚《きゃく》やガニマタの多いジャパニーズのギャル達が、超ミニなどで足を露出《ろしゅつ》するだけで、これは足の美しさを誇《ほこ》る他人種から見れば噴飯《ふんぱん》ものでしかない。ことの善《よ》し悪《あ》しはともかくとして、かつての「ツッパリ」姉ちゃん達は、自分の見苦しい「足」を見られたくなくて、ロングスカートでそれを隠すという、大和撫子《やまとなでしこ》ならではの奥ゆかしい「恥」の文化を持っていたものだ。

書き出しのとおり、私は正直言ってルーズ・ソックスが大嫌いである。英語で大嫌いを"I hate …"と言うが、hateには〔憎む〕という意味が強いから、まさしく私はあのだらしない靴下《くつした》を見ていると、憎み心で虫ずが走るのである。かつて、万引き女生徒達を指導したら、全員ルーズ・ソックスだったのには愕然《がくぜん》とした。「服装の乱れは、生活の乱れである」。これは正論だと、私は支持する。

昨夏カナダへホーム・ステイの生徒達を引率《いんそつ》した時、女生徒達には、「ルーズ・ソックス禁止令」を出した。「いやしくも、君達は日本を代表する少年大使である」と……。石頭《いしあたま》教頭《きょうとう》だと思われたかも知れないが。

サッカーのゲームでは、ルーズ・ソックスは許されないことは御《ご》存知だろうか？　選手達がグラウンドに入る前に、審判《しんぱん》団にチェックされるのはまずストッキングである。きちんと足元が整っていないとただちに直さされる。ユニホームを腰パンにしているのも直さされる。時たまルーズな姿のままで、プレーしている選手をテレビの画面で見ることもあろうが、ワールド・カップでそのような選手を黙認《もくにん》した主審《しゅしん》は、厳《きび》しいインスペクターのチェックを受けて、即刻《そっこく》母国へ帰国を命じられる。当然の事ながら、だらしない服装では良いプレーができるはずも無いし、それらを見て育つ子供達により良い見本となれないからである。

一五八二年に、天正遣欧使節団《てんしょうけんおうしせつだん》としてローマ教皇グレゴリオ一三世に謁見《えっけん》した、四人の少年使節《しせつ》達の身だしなみの素晴《すば》らしさが、当時のヨーロッパの人々を感激させたのは知っているだろうか？　ローマの淑女《しゅくじょ》達をして「日本の少年達は、かくも服装正しくりりしいのか？」と感涙《かんるい》にむせばせたというのは、学校の歴史の授業ではほとんど語られないエピソードである。

今春、わが家を訪れたカナダ人達を各地に案内したが、日本の若者、特に女子の服装のだらしなさに驚いていた。彼らは「ジャパンの女性は身だしなみよく、つつましやかな世界でも稀有《けう》な素晴《すば》らしい女性と聞いてきたが、本当にそうなのか？」と問われ、私は稚拙《ちせつ》な英会話力ゆえ返答に窮《きゅう》したものであった。私の友人や教え子で、企業の社長や頭取《とうどり》や重役達は「ルーズな人間は採用しない」と言い切っている。

幸いなことに、私の勤務している高校が一人もルーズな生徒のいない高校に変わってきて快適である。女子の万引きなどの非行問題も耳にしないのは嬉《うれ》しい。

よりよき伝統として、守り続けて欲しいものと願っている。

15 熟年《じゅくねん》サッカー

赤瀬川原平《あかせがわげんぺい》氏の『老人力』が話題になった。日本は世界一の長寿《ちょうじゅ》国として、また少子化現象とあいまって、老人達が頑張《がんば》らざるをえなくなった時代に突入した。自分が若い頃は、自分は老人になろうなどとは思いも寄らなかった。しかし、生命の摂理《せつり》は厳然《げんぜん》としてあるものである。私は、もう五七歳のよわいを数え、間もなく還暦《かんれき》を迎える。まさしく「光陰《こういん》矢の如《ごと》し」Time flies. である。

国民体育大会に準じ、スポレク大会というのが一二年前から発足し、サッカー壮年《そうねん》大会も行われている。参加資格は四〇歳以上であり、私は第一回大会から参加している。最初六回大会まで参加したが、どの県も四〇歳前半の若手？ で選手構成をして「勝ち」にこだわりだし、スポーツを通じて交流を深めるという当初のポリシーが崩《くず》れ始めて、私はリタイアした。その頃、かつてのオリンピック選手であったような人達がこれでは面白くないと反論し、この大会の主旨《しゅし》に戻り、熟年でもサッカーを楽しめるようにと試合のピッチ上に最低八名は、五〇歳台が立っていなくてはならないと、ルールを改正した。

香川県もこの方針に対応すべく、老兵の私が人数要員として呼び戻された。言《げん》を挨《ま》たず、私は最年長者であった。チームメイトが、ベテランの私に敬意を表して主将にしてくれた。この大会は国体に準じるので私のような教員は、香川県教育長の命令で堂々と胸を張って、参加できるのである。それでも、長らくサッカーの練習やゲームからは遠ざかっていたし、体調も必ずベストとは言えず、立場上仕事もあれこれあるので躊躇《ちゅうちょ》していたが、開催《かいさい》地の山形県鶴岡《つるおか》市の小学六年生の小松梓《あずさ》ちゃんからの一生懸命《けんめい》書いた可愛い一通の葉《は》書《がき》に強く胸打たれ、山形行きを決意した。その梓ちゃんが雨の中、ご両親と一緒に応援《おうえん》に来てくれた時は、思わず涙が出た。還暦《かんれき》近い壮年男子と一〇代の少女の友情が、冷たい雨の中暖かく通いあった。私は彼女のためにも一生懸命《けんめい》プレーし、走った。

初戦は、奈良県に三対〇で快勝して、彼女のために大きなプレゼントができた。

大会の全戦績は、三勝一分け一敗と大健闘《けんとう》し、わが「香川選抜《せんばつ》」は第二位に輝いた。三日で五試合というハードスケジュールで次々とチームメイトが倒《たお》れていくなかで、最年長の私だけが倒《たお》れることもなく走り続けたものだから、みんなが呆気《あっけ》にとられた。若い頃はがむしゃらに蹴《け》り走りまくるサッカーをしていたが、老化とともに無理ができなくなり、身のほどのプレーをしているのが楽しい。まさしく、いぶし銀のサッカープレーヤーなの

シュートシーン、対奈良県選抜。於山形スポレク大会

だろうか？　何事も長くやっていれば、枯《か》れてこそのいい味が出て来るものなのだろう。若きを知る糟糠《そうこう》の妻は「ちっとも走っていない」とのたまうが……。

好成績を収めて高松空港に凱旋《がいせん》した時、私は荷物の関係で遅《おく》れてしまった。そうこうしているうちにロビーに出ると妻が選手達に「皆さん、ごめんなさいね。主人は最年長で、皆さんの足を引っ張って、ご迷惑をおかけしたのでしょうね」と頭をペコペコ下げていた。選手達は手でさえぎって「いや、木村先生が一番元気で走っていましたよ。足を引っ張ったのは、むしろ僕たちです。さすがは『足物語』の木村先生ですね」ということであった。

「あなた身体痛うないん？」と問われ「フト

コロが痛い」と答えた。「フトコロは寒いと言うん違うん」と訂正《ていせい》された。土産《みやげ》買いすぎたのだ。

私の大好きな座右《ざゆう》の詩にサムエル・ウルマンの「青春」があり、その一節に「青春とは年齢《ねんれい》を言うのではなく、心の持ちようを言う……一六歳の老人もいれば、六〇歳の青年もいる……」とある。

そうだ、そうなのだ。私はまだ「青春」なのだ。サッカーもまだまだ楽しめるではないか。

『足物語』の原点に帰ろう。そして熟年パワーを発揮《はっき》して、体の続く限りサッカーをやろう。それこそが、私の『老足《ろうそく》物語』なのだ。

あとがき

この『新・足物語』のベースともなるべき随筆《ずいひつ》を書きはじめたのは、今からもう四〇年も前のことである。昭和三九年に香川県立高松高校の生物学教師として赴任《ふにん》して以来、高校の卒業誌『玉翠《ぎょくすい》』に毎年エッセイを連載《れんさい》してきた。

それらをまとめて初版・私家版《しかばん》『足物語』を出版《しゅっぱん》したのは昭和四七年である。その後、書きためたものを追加して版を重ねて出版しているうちに平成元年には大冊《たいさつ》の第八版が出来てしまった。これは私家版ながらも、地元書店の店頭《てんとう》に並んだ。この本があるルートをたどって、東京の「花伝社」の目に留《と》まり、スッキリまとめて全国版にしてはどうかとすすめられ、平成二年に全国出版のはこびとなった。その後平成九年に新装版《しんそうばん》も出版されたりして全国に広まっていった。その後『足物語』の続編を読みたいとの読者達からの要望《ようぼう》も多くあって、二〇〇〇年に『足物語』のその後として六〇篇ほどのエッセイを掲載《けいさい》した『老足物語《ろうそくものがたり》』を私家版として出版した。

「ろうそくものがたり」とは「人間の一生はろうそくのようなものである」「一隅《いちぐう》を照らす」という私の人生哲学《じんせいてつがく》をもって書いたものである。

これは一部の書店に並べられただけで、あとは私個人への注文を通して次第に拡がっていった。この本も結局第四版を重ねて、花伝社版『足物語』と二部作のセットとなり、大勢の人に読まれ両書ともにほとんど底をついてしまった。その間も『足物語』&『老足物語』を読みたい、欲しいの声が相次いで、そのニーズに応《こた》えざるを得なくなった。

そこで「花伝社」と相談し両書を第一部第二部構成《こうせい》のセットにして、『新・足物語』として読者のニーズに応えようということになった。

一冊の本としてまとめる為に『足物語』より三篇をカットし、『老足物語』より一五篇を収録《しゅうろく》することにした。

小学高学年生から中学生達にぜひ読ませたいという教育関係者や親御《おやご》さん達よりの声が多く、そのリクエストに応えるために、版を一新して書体を大きくし、漢字にはふりがなも多くつけて読みやすくした。

そこでこの『新・足物語』の登場《とうじょう》となった。この本がこれからどのような足どりをたどるかが楽しみなことである。

従来《じゅうらい》にもまして若い青少年の世代《せだい》に多く読んでいただきたいものと願っている。

最後に、この本の出版に努力を払ってくださった「花伝社」社長の平田勝氏、序文を書いてくださった森繁《もりしげ》久彌《ひさや》氏、私がサッカーを始めて間もなく、サッカーの難しさ・苦しさ・楽しさ・素晴らしさなどを気持ちのままに打ち明けた手紙を書き送ったところ、丁寧なお返事とともに贈《おく》っていただいた「色紙」の絵を、『新・足物語』の表紙に今回使用することを快《こころよ》く承諾《しょうだく》していただいた、ちばてつや氏、第一部『足物語』の挿絵《さしえ》を描いてくださった池原昭治《しょうじ》氏に深くお礼を申し上げる。

平成一六年三月二六日

追記《ついき》

『新・足物語』ご愛読ありがとうございました。お礼のしるしに趣味《しゅみ》の「折り紙建築《けんちく》」で作った栞《しおり》の「足」をプレゼント致します。ご希望《きぼう》の方は、80円切手を同封の上、筆者《ひっしゃ》までその旨《むね》お申し出くだされればお贈り致します。

木村　斉（きむら　ひとし）

1942 年　香川県庵治町に生まれる
1960 年　香川県立高松高等学校卒業
1964 年　広島大学理学部生物学科卒業
1964 年～　香川県立高松高校教諭、高松北高校教諭、香川県教育センター主席研究員、飯山高校教諭、志度高校（定）教頭、高松北高校教頭、志度高校教頭などを歴任。
その間、高校サッカー部監督、香川県壮年サッカーチーム主将をつとめる。
2000 年　退職
現　在　自然観察指導員、落語家、教育＆サッカー評論家、一級紙技士《かみわざし》、保護司として活動中。

住　所　〒761-0130　香川県木田郡庵治《あじ》町 1656 － 3

新・足物語

2004 年 5 月 20 日　初版第 1 刷発行

著者 ―― 木村　斉
発行者 ― 平田　勝
発行 ―― 花伝社
発売 ―― 共栄書房
〒101-0065　東京都千代田区西神田 2-7-6 川合ビル
電話　03-3263-3813
FAX　03-3239-8272
E-mail　kadensha@muf.biglobe.ne.jp
URL　http://www1.biz.biglobe.ne.jp/~kadensha
振替 ―― 00140-6-59661
装幀 ―― 廣瀬　郁
印刷・製本 ― 中央精版印刷株式会社

ISBN4-7634-0419-9　C0095
日本音楽著作権協会（出）許諾第0405540-401号